LE CID

CAMPÉADOR

—

Chanson de geste

TIRÉE DU ROMANCERO, DE LA GESTE DE MON CID
ET D'UNE TRAGÉDIE DE CORNEILLE

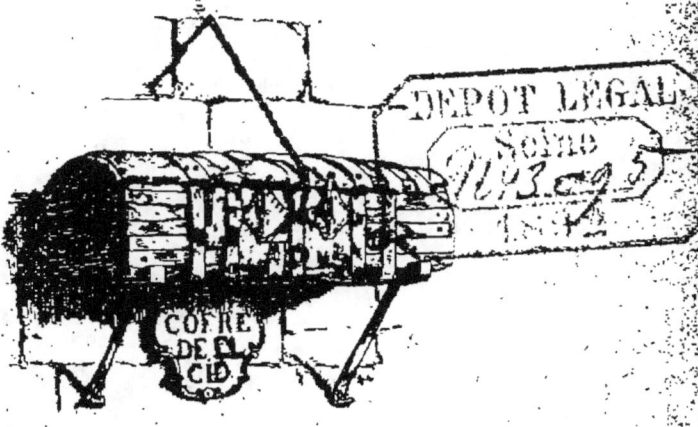

PARIS

8, RUE FRANÇOIS Iᵉʳ

1892

PREMIÈRE BRANCHE

CHIMÈNE

Iʳᵉ BRANCHE DE LA GESTE

I

Où le père de Chimène va outrager le père de Rodrigue.

LE COMTE

Enfin vous l'emportez, et la faveur du roi
Vous élève en un rang qui n'était dû qu'à moi :
Il vous fait gouverneur du prince de Castille.

DON DIÈGUE

Cette marque d'honneur, qu'il met dans ma famille,
Montre à tous qu'il est juste et fait connaître assez
Qu'il sait récompenser les services passés.

LE COMTE

Pour grands que soient les rois, ils sont ce que nous
[sommes :
Ils peuvent se tromper comme les autres hommes :
Et ce choix sert de preuve à tous les courtisans
Qu'ils savent mal payer les services présents.

DON DIÈGUE

Ne parlons plus d'un choix dont votre esprit s'irrite :
La faveur l'a pu faire autant que le mérite ;
Mais on doit ce respect au pouvoir absolu
De n'examiner rien quand un roi l'a voulu.
A l'honneur qu'il m'a fait ajoutez-en un autre :
Joignons d'un sacré nœud ma maison à la vôtre.
Vous n'avez qu'une fille, et moi je n'ai qu'un fils :
Leur hymen nous peut rendre à jamais plus qu'amis ;
Faites-nous cette grâce, et l'acceptez pour gendre.

LE COMTE

A des partis plus hauts ce beau fils doit prétendre ;
Et le nouvel éclat de votre dignité
Lui doit enfler le cœur d'une autre vanité.
Exercez-la, monsieur, et gouvernez le prince ;
Montrez-lui comme il faut régir une province,
Faire trembler partout les peuples sous sa loi,
Remplir les bons d'amour et les méchants d'effroi ;
Joignez à ces vertus celles d'un capitaine ;
Montrez-lui comme il faut s'endurcir à la peine.
Dans le métier de Mars se rendre sans égal,
Passer les jours entiers et les nuits à cheval,
Reposer tout armé, forcer une muraille,
Et ne devoir qu'à soi le gain d'une bataille.
Instruisez-le d'exemple et rendez-le parfait,
Expliquant à ses yeux vos leçons par l'effet.

DON DIÈGUE

Pour s'instruire d'exemple, en dépit de l'envie,
Il lira seulement l'histoire de ma vie.
Là, dans un long tissu de belles actions,

Il verra comme il faut dompter les nations,
Attaquer une place, ordonner une armée,
Et sur de grands exploits bâtir sa renommée.

LE COMTE

Les exemples vivants sont d'un autre pouvoir.
Un prince dans un livre apprend mal son devoir.
Et qu'a fait, après tout, ce grand nombre d'années
Que ne puisse égaler une de mes journées !
Si vous fûtes vaillant, je le suis aujourd'hui ;
Et ce bras du royaume est le plus ferme appui.
Grenade et l'Aragon tremblent quand ce fer brille ;
Mon nom sert de rempart à toute la Castille :
Sans moi, vous passeriez bientôt sous d'autres lois,
Et vous auriez bientôt vos ennemis pour rois.
Chaque jour, chaque instant, pour rehausser ma gloire,
Met laurier sur laurier, victoire sur victoire.
Le prince, à mes côtés, ferait dans les combats
L'essai de son courage à l'ombre de mon bras ;
Il apprendrait à vaincre en me regardant faire.
Et pour répondre en hâte à son grand caractère,
Il verrait...

DON DIÈGUE

Je le sais ; vous servez bien le roi,
Je vous ai vu combattre et commander sous moi :
Quand l'âge dans mes nerfs a fait couler sa glace,
Votre rare valeur a bien rempli ma place.
Enfin, pour épargner les discours superflus,
Vous êtes aujourd'hui ce qu'autrefois je fus.
Vous voyez toutefois qu'en cette concurrence
Un monarque entre nous met quelque différence.

1.

LE COMTE

Ce que je méritais, vous l'avez emporté.

DON DIÈGUE

Qui l'a gagné sur vous l'avait mieux mérité.

LE COMTE

Qui peut mieux l'exercer en est bien le plus digne.

DON DIÈGUE

En être refusé n'en est pas un bon signe.

LE COMTE

Vous l'avez eu par brigue, étant vieux courtisan.

DON DIÈGUE

L'éclat de mes hauts faits fut mon seul partisan.

LE COMTE

Parlons-en mieux, le roi fait honneur à votre âge.

DON DIÈGUE

Le roi, quand il en fait, le mesure au courage.

LE COMTE

Et par là cet honneur n'était dû qu'à mon bras.

DON DIÈGUE

Qui n'a pu l'obtenir ne le méritait pas.

LE COMTE

Ne le méritait pas! Moi!

DON DIÈGUE

Vous.

LE COMTE

Ton impudence

Téméraire vieillard, aura sa récompense.

(Il lui donne un soufflet.

DON DIÈGUE, *mettant l'épée à la main.*

Achève, et prends ma vie après un tel affront,
Le premier dont ma race ait vu rougir son front.

LE COMTE

Et que penses-tu faire après tant de faiblesse?

DON DIÈGUE

O Dieu! ma force usée en ce moment me laisse.

LE COMTE

Ton épée est à moi; mais tu serais trop vain
Si ce honteux trophée avait chargé ma main.
Adieu. Fais lire au prince, en dépit de l'envie,
Pour son instruction l'histoire de ta vie:
D'un insolent discours ce juste châtiment
Ne lui servira pas d'un petit ornement.

II

La douleur de Don Diègue.

DON DIÈGUE

O rage ! ô désespoir ! ô vieillesse ennemie !
N'ai-je donc tant vécu que pour cette infamie ?
Et ne suis-je blanchi dans les travaux guerriers
Que pour voir en un jour flétrir tant de lauriers ?
Mon bras qu'avec respect toute l'Espagne admire,
Mon bras qui tant de fois a sauvé cet empire,
Tant de fois affermi le trône de son roi,
Trahit donc ma querelle et ne fait rien pour moi ?
O cruel souvenir de ma gloire passée !
Œuvre de tant de jours en un jour effacée !
Nouvelle dignité fatale à mon bonheur !
Précipice élevé d'où tombe mon honneur !
Faut-il de votre éclat voir triompher le comte,
Et mourir sans vengeance ou vivre dans la honte ?
Comte, sois de mon prince à présent gouverneur ;
Ce haut rang n'admet point un homme sans hon-
                                        [neur,
Et ton jaloux orgueil, par cet affront insigne,
Malgré le choix du roi, m'en a su rendre indigne.
Et toi, de mes exploits glorieux instrument,
Mais d'un corps tout de glace inutile ornement,
Fer, jadis tant à craindre, et qui, dans cette offense,
M'as servi de parade et non pas de défense,
Va, quitte désormais le dernier des humains,
Passe, pour me venger, en de meilleures mains.

III

Comment Don Diègue parle à son fils Rodrigue.

DON DIÈGUE

Rodrigue, as-tu du cœur ?

RODRIGUE

Tout autre que mon père
L'éprouverait sur l'heure.

DON DIÈGUE

Agréable colère !
Digne ressentiment à ma douleur bien doux !
Je reconnais mon sang à ce noble courroux ;
Ma jeunesse revit en cette ardeur si prompte.
Viens, mon fils, viens, mon sang, viens réparer ma
[honte,
Viens me venger.

RODRIGUE

De quoi ?

DON DIÈGUE

D'un affront si cruel
Qu'à l'honneur de tous deux il porte un coup mortel :
D'un soufflet. L'insolent en eût perdu la vie ;
Mais mon âge a trompé ma généreuse envie :
Et ce fer que mon bras ne peut plus soutenir,
Je le remets au tien pour venger et punir.
Va contre un arrogant éprouver ton courage
Ce n'est que dans le sang qu'on lave un tel outrage.

Meurs ou tue. Au surplus, pour ne te point flatter,
Je te donne à combattre un homme à redouter ;
Je l'ai vu, tout couvert de sang et de poussière
Porter partout l'effroi dans une armée entière.
J'ai vu, par sa valeur, cent escadrons rompus ;
Et, pour t'en dire encor quelque chose de plus,
Plus que brave soldat, plus que grand capitaine,
C'est...

RODRIGUE

De grâce, achevez.

DON DIÈGUE

Le père de Chimène.

RODRIGUE

Le...

DON DIÈGUE

Ne réplique point, je connais ton amour ;
Mais qui peut vivre infâme est indigne du jour.
Plus l'offenseur est cher, et plus grande est l'offense.
Enfin, tu sais l'affront, et tu tiens la vengeance :
Je ne te dis plus rien. Venge-moi, venge-toi ;
Montre-toi digne fils d'un père tel que moi.
Accablé des malheurs où le destin me range,
Je vais les déplorer. Va, cours, vole, et nous venge.

IV

Où Rodrigue se parle à lui-même.

Percé jusques au fond du cœur
D'une atteinte imprévue aussi bien que mortelle,
Misérable vengeur d'une juste querelle,
Et malheureux objet d'une injuste rigueur,
Je demeure immobile, et mon âme abattue
Cède au coup qui me tue.
Si près de voir mon feu récompensé,
O Dieu! l'étrange peine!
En cet affront, mon père est l'offensé,
Et l'offenseur le père de Chimène!

Que je sens de rudes combats!
Contre mon propre honneur mon amour s'intéresse:
Il faut venger un père et perdre une maîtresse.
L'un m'anime le cœur, l'autre retient mon bras.
Réduit au triste choix ou de trahir ma flamme,
Ou de vivre en infâme,
Des deux côtés mon mal est infini.
O Dieu! l'étrange peine!
Faut-il laisser un affront impuni?
Faut-il punir le père de Chimène?

Père, maîtresse, honneur, amour,
Noble et dure contrainte, aimable tyrannie,
Tous mes plaisirs sont morts, ou ma gloire ternie (1);

(1) Le mot *gloire* est souvent employé dans le sens
d'*honneur*.

L'un me rend malheureux, l'autre indigne du jour.
Cher et cruel espoir d'une âme généreuse,
    Mais ensemble amoureuse,
  Digne ennemi de mon plus grand bonheur.
     Fer qui cause ma peine,
  M'es-tu donné pour venger mon honneur?
  M'es-tu donné pour perdre ma Chimène?

    Il vaut mieux courir au trépas;
Je dois à ma maîtresse aussi bien qu'à mon père.
J'attire en me vengeant sa haine et sa colère;
J'attire ses mépris en ne me vengeant pas.
A mon plus doux espoir l'un me rend infidèle,
    Et l'autre indigne d'elle.
Mon mal augmente à le vouloir guérir!
    Tout redouble ma peine.
Allons, mon âme: et, puisqu'il faut mourir,
Mourons du moins sans offenser Chimène.

    Mourir sans tirer ma raison!
Rechercher un trépas si mortel à ma gloire!
Endurer que l'Espagne impute à ma mémoire
D'avoir mal soutenu l'honneur de ma maison!
Respecter un amour dont mon âme égarée
    Voit la perte assurée!
N'écoutons plus ce penser suborneur
    Qui ne sert qu'à ma peine.
Allons, mon bras, sauvons du moins l'honneur,
Puisqu'après tout il faut perdre Chimène.

    Oui, mon esprit s'était déçu.
Je dois tout à mon père avant qu'à ma maîtresse.
Que je meure au combat, ou meure de tristesse,
Je rendrai mon sang pur comme je l'ai reçu.

Je m'accuse déjà de trop de négligence ;
Courons à la vengeance ;
Et tout honteux d'avoir tant balancé,
Ne soyons plus en peine,
Puisqu'aujourd'hui mon père est l'offensé,
Si l'offenseur est père de Chimène.

V

Comment Rodrigue parle au comte qui
a outragé son père.

RODRIGUE

A moi, comte, deux mots.

LE COMTE

Parle.

RODRIGUE

Ote-moi d'un doute.

Connais-tu bien don Diègue?

LE COMTE

Oui.

RODRIGUE

Parlons bas; écoute.
Sais-tu que ce vieillard fut la même vertu,
La vaillance et l'honneur de son temps? le sais-tu?

LE COMTE

Peut-être.

RODRIGUE

Cette ardeur que dans les yeux je porte,
Sais-tu ce que c'est son sang? le sais-tu?

LE COMTE

Que m'importe!

RODRIGUE

A quatre pas d'ici, je te le fais savoir.

LE COMTE

Jeune présomptueux !

RODRIGUE

Parle sans t'émouvoir.
Je suis jeune, il est vrai ; mais aux âmes bien nées
La valeur n'attend point le nombre des années.

LE COMTE

Te mesurer à moi ! qui t'a rendu si vain,
Toi qu'on n'a jamais vu les armes à la main ?

RODRIGUE

Mes pareils à deux fois ne se font pas connaître,
Et pour leurs coups d'essai veulent des coups de
[maître.

LE COMTE

Sais-tu bien qui je suis ?

RODRIGUE

Oui : tout autre que moi,
Au seul bruit de ton nom pourrait trembler d'effroi.
Les palmes dont je vois ta tête si couverte
Semblent porter écrit le destin de ma perte.
J'attaque en téméraire un bras toujours vainqueur :
Mais j'aurai trop de force ayant assez de cœur.
A qui venge son père, il n'est rien d'impossible.
Ton bras est invaincu, mais non pas invincible.

LE COMTE

Ce grand cœur qui paraît aux discours que tu tiens,
Par tes yeux, chaque jour, se découvrait aux miens ;
Et, croyant voir en toi l'honneur de la Castille,
Mon âme avec plaisir te destinait ma fille.

Je sais ta passion, et suis ravi de voir
Que tous ces mouvements cèdent à ton devoir:
Qu'ils n'ont point affaibli cette ardeur magnanime;
Que ta haute vertu répond à mon estime;
Et que, voulant pour gendre un cavalier parfait,
Je ne me trompais point au choix que j'avais fait.
Mais je sens que pour toi ma pitié s'intéresse.
J'admire ton courage et je plains ta jeunesse.
Ne cherche point à faire un coup d'essai fatal,
Dispense ma valeur d'un combat inégal;
Trop peu d'honneur pour moi suivrait cette victoire.
A vaincre sans péril, on triomphe sans gloire;
On te croirait toujours abattu sans effort,
Et j'aurais seulement le regret de ta mort.

RODRIGUE

D'une indigne pitié ton audace est suivie!
Qui m'ose ôter l'honneur craint de m'ôter la vie!

LE COMTE

Retire-toi d'ici.

RODRIGUE

Marchons sans discourir.

LE COMTE

Es-tu si las de vivre?

RODRIGUE

As-tu peur de mourir?

LE COMTE

Viens, tu fais ton devoir, et le fils dégénère
Qui survit un moment à l'honneur de son père.

VI

*Où le roi Ferdinand annonce que les Maures viennent
pour attaquer Séville.*

LE ROI

Le comte est donc si vain et si peu raisonnable !
Ose-t-il croire encor son crime pardonnable ?

DON ARIAS

Je l'ai de votre part longtemps entretenu.
J'ai fait mon pouvoir, Sire, et n'ai rien obtenu.

. . . .

LE ROI

Cette vieille coutume, en ces lieux établie
Sous couleur de punir un injuste attentat,
Des meilleurs combattants affaiblit un État.
Souvent de cet abus le succès déplorable
Opprime l'innocent et surprend le coupable...
N'en parlons plus. Au reste, on a vu dix vaisseaux
De nos vieux ennemis arborer les drapeaux :
Vers la bouche du fleuve ils ont osé paraître.

DON ARIAS

Les Maures ont appris par force à vous connaître.
Et, tant de fois vaincus, ils ont perdu le cœur
De se plus hasarder contre un si grand vainqueur.

LE ROI

Ils ne verront jamais sans quelque jalousie
Mon sceptre, en dépit d'eux, régir l'Andalousie ;

Et ce pays si beau, qu'ils ont trop possédé,
Avec un œil d'envie est toujours regardé.
C'est l'unique raison qui m'a fait dans Séville
Placer depuis dix ans le trône de Castille,
Pour les voir de plus près, et d'un ordre plus prompt
Renverser aussitôt ce qu'ils entreprendront.

DON ARIAS

Ils savent aux dépens de leurs plus dignes têtes
Combien votre présence assure vos conquêtes :
Vous n'avez rien à craindre.

LE ROI

                    Et rien à négliger.
Le trop de confiance attire le danger.
Et vous n'ignorez pas qu'avec fort peu de peine,
Un flux de pleine mer jusqu'ici les amène.
Toutefois, j'aurais tort de jeter dans les cœurs,
L'avis étant mal sûr, de paniques terreurs.
L'effroi que produirait cette alarme inutile
Dans la nuit qui survient troublerait trop la ville :
Faites doubler la garde aux murs et sur le port.
C'est assez pour ce soir.

VII

Chimène demande justice au roi Ferdinand.

DON ALONSE

Sire, le comte est mort.
Don Diègue, par son fils, a vengé son offense.

LE ROI

Dès que j'ai su l'affront, j'ai prévu la vengeance
Et j'ai voulu dès lors prévenir ce malheur.

DON ALONSE

Chimène à vos genoux apporte sa douleur :
Elle vient tout en pleurs vous demander justice.

LE ROI

Bien qu'à sès déplaisirs mon âme compatisse,
Ce que le comte a fait semble avoir mérité
Ce digne châtiment de sa témérité.
Quelque juste pourtant que puisse être sa peine,
Je ne puis sans regret perdre un tel capitaine.
Après un long service à mon État rendu,
Après son sang pour moi mille fois répandu,
A quelques sentiments que son orgueil m'oblige,
Sa perte m'affaiblit, et son trépas m'afflige.

Entre Chimène.
Sire, sire, justice !

DON DIÈGUE

Ah ! sire, écoutez-nous.

CHIMÈNE

Je me jette à vos pieds.

DON DIÈGUE

J'embrasse vos genoux,

CHIMÈNE

Je demande justice.

DON DIÈGUE

Entendez ma défense.

CHIMÈNE

D'un jeune audacieux punissez l'insolence;
Il a de votre sceptre abattu le soutien,
Il a tué mon père.

DON DIÈGUE

Il a vengé le sien.

LE ROI

Prends courage, ma fille, et sache qu'aujourd'hui
Ton roi va te servir de père au lieu de lui....
L'affaire est d'importance et, bien considérée,
Mérite en plein conseil d'être délibérée.
Don Sanche, conduisez Chimène en sa maison.
Don Diègue aura ma cour et sa foi pour prison;
Qu'on me cherche son fils. Je vous ferai justice.

CHIMÈNE

Il est juste, grand roi, qu'un meurtrier périsse.

LE ROI

Prends du repos, ma fille, et calme tes douleurs.

CHIMÈNE

M'ordonner du repos, c'est croître mes malheurs.

VIII

Comment Rodrigue parle à Chimène.

CHIMÈNE

Rodrigue en ma maison? Rodrigue devant moi?

RODRIGUE

.....N'attends pas de mon affection
Un lâche repentir d'une bonne action.
L'irréparable effet d'une chaleur trop prompte
Déshonorait mon père et me couvrait de honte.
Tu sais comme un soufflet touche un homme de cœur :
J'avais part à l'affront, j'en ai cherché l'auteur;
Je l'ai vu, j'ai vengé mon honneur et mon père;
Je le ferais encor si j'avais à le faire.
Ce n'est pas, qu'en effet, contre mon père et moi,
Ma flamme assez longtemps n'ait combattu pour toi:
Juge de son pouvoir : dans une telle offense,
J'ai pu délibérer si j'en prendrais vengeance.
Réduit à te déplaire, ou souffrir un affront,
J'ai pensé qu'à son tour mon bras était trop prompt;
Je me suis accusé de trop de violence,
Et ta beauté, sans doute, emportait la balance,
A moins que d'opposer à tes plus forts appas
Qu'un homme sans honneur ne te méritait pas;
Que, malgré cette part que j'avais en ton âme,
Qui m'aima généreux me haïrait infâme;
Qu'écouter ton amour, obéir à sa voix,
C'était m'en rendre indigne et diffamer ton choix.

2

Je te le dis encore, et quoique j'en soupire,
Jusqu'au dernier soupir, je veux bien le redire :
Je t'ai fait une offense, et j'ai dû m'y porter
Pour effacer ma honte et pour te mériter ;
Mais, quitte envers l'honneur et quitte envers mon
                                          [père,
C'est maintenant à toi que je viens satisfaire.
C'est pour t'offrir mon sang qu'en ce lieu tu me vois.
J'ai fait ce que j'ai dû, je fais ce que je dois.
Je sais qu'un père mort t'arme contre mon crime :
Je ne t'ai pas voulu dérober ta victime.

. . . .

CHIMÈNE

Ah ! Rodrigue, il est vrai, quoique ton ennemie,
Je ne puis te blâmer d'avoir fui l'infamie
Et, de quelque façon qu'éclatent mes douleurs,
Je ne t'accuse point, je pleure mes malheurs.
Je sais ce que l'honneur, après un tel outrage,
Demandait à l'ardeur d'un généreux courage :
Tu n'as fait le devoir que d'un homme de bien ;
Mais aussi, le faisant, tu m'as appris le mien.
Ta funeste valeur m'instruit par ta victoire ;
Elle a vengé ton père et soutenu ta gloire :
Même soin me regarde, et j'ai, pour m'affliger,
Ma gloire à soutenir et mon père à venger.
Hélas ! ton intérêt ici me désespère.
Si quelque autre malheur m'avait ravi mon père,
Mon âme aurait trouvé dans le bien de te voir
L'unique allégement qu'elle eût pu recevoir,
Et, contre ma douleur, j'aurais senti des charmes
Quand une main si chère eût essuyé mes larmes.

Mais il me faut te perdre après l'avoir perdu;
Cet effort sur ma flamme à mon honneur est dû;
Et cet affreux devoir, dont l'ordre m'assassine
Me force à travailler moi-même à ta ruine.
Car enfin, n'attends pas de mon affection
De lâches sentiments pour ta punition.
De quoi qu'en ta faveur notre amour m'entretienne
Ma générosité doit répondre à la tienne:
Tu t'es, en m'offensant, montré digne de moi;
Je me dois, par ta mort, montrer digne de toi.

RODRIGUE

.....Ton malheureux amant aura bien moins de peine
A mourir par ta main qu'à vivre avec ta haine.

CHIMÈNE

Va, je ne te hais point!

RODRIGUE

Tu le dois.

CHIMÈNE

Je ne puis.

RODRIGUE

Que je meure!

CHIMÈNE

Va-t'en!

RODRIGUE

A quoi te résous-tu?

CHIMÈNE

Malgré les feux si beaux qui troublent ma colère,
Je ferai mon possible à bien venger mon père;
Mais, malgré la rigueur d'un si cruel devoir,
Mon unique souhait est de ne rien pouvoir.

RODRIGUE

O miracle d'amour!

CHIMÈNE

O comble de misères!

RODRIGUE

Que de maux et de pleurs nous coûteront nos pères!

CHIMÈNE

Rodrigue, qui l'eût cru?...

RODRIGUE

Chimène, qui l'eût dit?...

CHIMÈNE

Que notre heur fût si proche, et si tôt se perdît?

RODRIGUE

Et que, si près du port, contre toute apparence,
Un orage si prompt brisât notre espérance?

CHIMÈNE

Ah! mortelles douleurs!

RODRIGUE

Ah! regrets superflus!

CHIMÈNE

Va-t'en, encore un coup, je ne t'écoute plus.

RODRIGUE

Adieu : je vais traîner une mourante vie,
Tant que par ta poursuite elle me soit ravie.

CHIMÈNE

Si j'en obtiens l'effet, je t'engage ma foi
De ne respirer pas un moment après toi.
Adieu : sors, et surtout garde bien qu'on te voie.

IX

Don Diègue donne un conseil à son fils Rodrigue.

DON DIÈGUE

Rodrigue, enfin le ciel permet que je te voie!

RODRIGUE

Hélas!

DON DIÈGUE

Ne mêle point de soupirs à ma joie;
Laisse-moi prendre haleine afin de te louer.
Ma valeur n'a point lieu de te désavouer;
Tu l'as bien imitée, et ton illustre audace
Fait bien revivre en toi les héros de ma race :
C'est d'eux que tu descends, c'est de moi que tu viens.
Ton premier coup d'épée égale tous les miens;
Et d'une belle ardeur ta jeunesse animée
Par cette grande épreuve atteint ma renommée.
Appui de ma vieillesse et comble de mon heur,
Touche ces cheveux blancs à qui tu rends l'honneur,
Viens baiser cette joue et reconnais la place
Où fut empreint l'affront que ton courage efface.

RODRIGUE

L'honneur vous en est dû, je ne pouvais pas moins,
Étant sorti de vous, et nourri par vos soins.
Je m'en tiens trop heureux, et mon âme est ravie
Que mon coup d'essai plaise à qui je dois la vie;
Mais, parmi vos plaisirs, ne soyez point jaloux
Si je m'ose à mon tour satisfaire après vous.
Souffrez qu'en liberté mon désespoir éclate;

2.

Assez et trop longtemps votre discours le flatte.
Je ne me repens point de vous avoir servi ;
Mais rendez-moi le bien que ce coup m'a ravi.
Mon bras pour vous venger, armé contre ma flamme,
Par ce coup glorieux m'a privé de mon âme ;
Ne me dites plus rien ; pour vous j'ai tout perdu ;
Ce que je vous devais, je vous l'ai bien rendu.

DON DIÈGUE

Porte, porte plus haut le fruit de ta victoire.
Je t'ai donné la vie, et tu me rends la gloire ;
Et d'autant que l'honneur m'est plus cher que le jour,
D'autant plus maintenant je te dois de retour.
Mais d'un cœur magnanime éloigne ces faiblesses ;
Nous n'avons qu'un honneur, il est tant de maîtresses !
L'amour n'est qu'un plaisir, l'honneur est un devoir.

RODRIGUE

Ah ! que me dites-vous ?

DON DIÈGUE

Ce que tu dois savoir.

RODRIGUE

Mon honneur offensé sur moi-même se venge ;
Et vous m'osez pousser à la honte du change !
L'infamie est pareille, et suit également
Le guerrier sans courage et le perfide amant.
A ma fidélité ne faites point d'injure ;
Souffrez-moi généreux sans me rendre parjure ;
Mes liens sont trop forts pour être ainsi rompus :
Ma foi m'engage encor si je n'espère plus ;
Et, ne pouvant quitter ni posséder Chimène,
Le trépas que je cherche est ma plus douce peine.

DON DIÈGUE

Il n'est pas temps encor de chercher le trépas ;
Ton prince et ton pays ont besoin de ton bras.
La flotte qu'on craignait, dans ce grand fleuve entrée,
Croit surprendre la ville et piller la contrée,
Les Maures vont descendre ; et le flux et la nuit
Dans une heure, à nos murs, les amènent sans bruit.
La cour est en désordre, et le peuple en alarmes ;
On n'entend que des cris, on ne voit que des larmes.
Dans ce malheur public mon bonheur a permis
Que j'ai trouvé chez moi cinq cents de mes amis,
Qui, sachant mon affront, poussés d'un même zèle,
Se venaient tous offrir à venger ma querelle.
Tu les as prévenus ; mais leurs vaillantes mains
Se tremperont bien mieux au sang des Africains.
Va marcher à leur tête où l'honneur te demande :
C'est toi que veut pour chef leur généreuse bande.
De ces vieux ennemis va soutenir l'abord :
Là, si tu veux mourir, trouve une belle mort ;
Prends-en l'occasion, puisqu'elle t'est offerte ;
Fais devoir à ton roi son salut à ta perte ;
Mais reviens-en plutôt les palmes sur le front.
Ne borne pas ta gloire à venger un affront,
Porte-la plus avant, force par ta vaillance
Ce monarque au pardon et Chimène au silence ;
Si tu l'aimes, apprends que revenir vainqueur
C'est l'unique moyen de regagner son cœur.
Mais le temps m'est trop cher pour le perdre en paroles
Je t'arrête en discours, et je veux que tu voles.
Viens, suis-moi, va combattre, et montrer à ton roi
Que ce qu'il perd au comte, il le recouvre en toi.

X

Chimène apprend que Rodrigue a combattu les Maures.

CHIMÈNE

N'est-ce point un faux bruit? le sais-tu bien, Elvire?

ELVIRE

Vous ne croiriez jamais comme chacun l'admire,
Et porte jusqu'au ciel, d'une commune voix,
De ce jeune héros, les glorieux exploits.
Les Maures devant lui n'ont paru qu'à leur honte :
Leur abord fut bien prompt; leur fuite encor plus
[prompte;
Trois heures de combat laissent à nos guerriers
Une victoire entière et deux rois prisonniers.
La valeur de leur chef ne trouvait point d'obstacles.

CHIMÈNE

Et la main de Rodrigue a fait tous ces miracles?

ELVIRE

De ses nobles efforts ces deux rois sont le prix;
Sa main les a vaincus, et sa main les a pris.

CHIMÈNE

De qui peux-tu savoir ces nouvelles étranges?

ELVIRE

Du peuple, qui partout fait sonner ses louanges,
Le nomme de sa joie et l'objet et l'auteur,
Son ange tutélaire et son libérateur.

CHIMÈNE

Et le roi, de quel œil voit-il tant de vaillance?

ELVIRE

Rodrigue n'ose encor paraître en sa présence;
Mais don Diègue, ravi, lui présente enchaînés,
Au nom de ce vainqueur, ces captifs couronnés,
Et demande pour grâce à ce généreux prince
Qu'il daigne voir la main qui sauve la province.

CHIMÈNE

Mais n'est-il point blessé?

ELVIRE

                                Je n'en ai rien appris
Vous changez de couleur! reprenez vos esprits.

CHIMÈNE

Reprenons donc aussi ma colère affaiblie :
Pour avoir soin de lui faut-il que je m'oublie?
On le vante, on le loue, et mon cœur y consent!
Mon honneur est muet, mon devoir impuissant!
Silence, mon amour, laisse agir ma colère;
S'il a vaincu deux rois, il a tué mon père :
Ces tristes vêtements, où je lis mon malheur,
Sont les premiers effets qu'ait produit sa valeur;
Et quoi qu'on dise ailleurs d'un cœur si magnanime,
Ici, tous les objets me parlent de son crime.
Vous qui rendez la force à mes ressentiments,
Voiles, crêpes, habits, lugubres ornements,
Pompe où m'ensevelit sa première victoire,
Contre ma passion soutenez bien ma gloire;
Et lorsque mon amour prendra trop de pouvoir,
Parlez à mon esprit de mon triste devoir,
Attaquez sans rien craindre une main triomphante.

XI

*Où l'on voit pourquoi Rodrigue sera désormais
appelé le Cid.*

LE ROI

Généreux héritier d'une illustre famille
Qui fut toujours la gloire et l'appui de Castille,
Race de tant d'aïeux en valeur signalés,
Que l'essai de la tienne a sitôt égalés,
Pour te récompenser ma force est trop petite :
Et j'ai moins de pouvoir que tu n'as de mérite.
Le pays délivré d'un si rude ennemi,
Mon sceptre dans ma main, par la tienne affermi,
Et les Maures défaits avant qu'en ces alarmes
J'eusse pu donner ordre à repousser leurs armes,
Ne sont point des exploits qui laissent à ton roi
Le moyen ni l'espoir de s'acquitter vers toi.
Mais deux rois, tes captifs, feront ta récompense :
Ils t'ont nommé tous deux leur Cid en ma présence.
Puisque Cid en leur langue est autant que seigneur,
Je ne t'envierai pas ce beau titre d'honneur,
Sois désormais le Cid ; qu'à ce grand nom tout cède ;
Qu'il comble d'épouvante et Grenade et Tolède,
Et qu'il marque à tous ceux qui vivent sous mes lois,
Et ce que tu me vaux, et ce que je te dois.
. . . .
Souffre donc qu'on te loue, et de cette victoire
Apprends-moi plus au long la véritable histoire.

XII

S'en suit le récit du grand combat contre les Maures.

RODRIGUE

Sire, vous avez su qu'en ce danger pressant,
Qui jeta dans la ville un effroi si puissant,
Une troupe d'amis chez mon père assemblée
Sollicita mon âme encor toute troublée...
Mais, Sire, pardonnez à ma témérité
Si j'osais l'employer sans votre autorité :
Le péril approchait, leur brigade était prête :
Me montrant à la cour, je hasardais ma tête ;
Et, s'il fallait la perdre, il m'était bien plus doux
De sortir de la vie en combattant pour vous.

LE ROI

J'excuse ta chaleur à venger ton offense ;
Et l'État défendu me parle en ta défense :
Crois que, dorénavant, Chimène a beau parler,
Je ne l'écoute plus que pour la consoler.
Mais poursuis.

RODRIGUE

      Sous moi donc cette troupe s'avance
Et porte sur le front une mâle assurance.
Nous partîmes cinq cents ; mais par un prompt ren-
                            [fort,
Nous nous vîmes trois mille en arrivant au port,
Tant, à nous voir marcher avec un tel visage,
Les plus épouvantés reprenaient de courage !

J'en cache les deux tiers, aussitôt qu'arrivés,
Dans le fond des vaisseaux qui lors furent trouvés :
Le reste, dont le nombre augmentait à toute heure,
Brûlant d'impatience, autour de moi demeure,
Se couche contre terre, et sans faire aucun bruit,
Passe une bonne part d'une si belle nuit.
Par mon commandement, la garde en fait de même,
Et, se tenant cachée, aide à mon stratagème
Et je feins hardiment d'avoir reçu de vous
L'ordre qu'on me voit suivre et que je donne à tous.
Cette obscure clarté qui tombe des étoiles
Enfin avec le flux nous fit voir trente voiles :
L'onde s'enfle dessous, et, d'un commun effort,
Les Maures et la mer montent jusques au port.
On les laisse passer, tout leur paraît tranquille.
Point de soldats au port, point aux murs de la ville.
Notre profond silence abusant leurs esprits,
Ils n'osent plus douter de nous avoir surpris ;
Ils abordent sans peur, ils ancrent, ils descendent,
Et courent se livrer aux mains qui les attendent.

Nous nous levons alors, et tous en même temps
Poussons jusques au ciel mille cris éclatants :
Les nôtres, à ces cris, de nos vaisseaux répondent ;
Ils paraissent armés, les Maures se confondent,
L'épouvante les prend à demi descendus ;
Avant que de combattre, ils s'estiment perdus.
Ils couraient au pillage et rencontrent la guerre ;
Nous les pressons sur l'eau, nous les pressons sur
[terre,
Et nous faisons courir des ruisseaux de leur sang,
Avant qu'aucun résiste ou reprenne son rang.

Mais bientôt, malgré nous, leurs princes les rallient,
Leur courage renaît, et leurs terreurs s'oublient:
La honte de mourir sans avoir combattu
Arrête leur désordre et leur rend leur vertu.
Contre nous de pied ferme ils tirent leurs alfanges,
De notre sang au leur font d'horribles mélanges:
Et la terre, et le fleuve, et leur flotte, et le port,
Sont des champs de carnage où triomphe la mort.
Oh! combien d'actions, combien d'exploits célèbres
Sont demeurés sans gloire au milieu des ténèbres,
Où chacun, seul témoin des grands coups qu'il don-
[nait,
Ne pouvait discerner où le sort inclinait!
J'allais de tous côtés encourager les nôtres,
Faire avancer les uns et soutenir les autres,
Ranger ceux qui venaient, les pousser à leur tour,
Et ne l'ai pu savoir jusques au point du jour.
Mais enfin sa clarté montre notre avantage;
Le Maure voit sa perte, et perd soudain courage,
Et, voyant du renfort qui nous vient secourir,
L'ardeur de vaincre cède à la peur de mourir:
Ils gagnent leurs vaisseaux, ils en coupent les câbles,
Poussent jusques aux cieux des cris épouvantables,
Font retraite en tumulte et sans considérer
Si leurs rois avec eux peuvent se retirer.
Pour souffrir ce devoir, leur frayeur est trop forte:
Le flux les apporta, le reflux les remporte;

Cependant que leurs rois, engagés parmi nous,
Et quelque peu des leurs, tout percés de nos coups,
Disputent vaillamment et vendent bien leur vie.
A se rendre moi-même en vain je les convie:

Le cimeterre au poing ils ne m'écoutent pas :
Mais, voyant à leurs pieds tomber tous leurs soldats,
Et que seuls désormais en vain ils se défendent,
Ils demandent le chef; je me nomme, ils se rendent,
Je vous les envoyais tous deux en même temps :
Et le combat cessa faute de combattants.

XIII

Comment le roi Ferdinand a rendu la justice.

DON ALONSE

Sire, Chimène vient vous demander justice.

LE ROI *à Rodrigue*

La fâcheuse nouvelle et l'importun devoir!
Va, je ne la veux pas obliger à te voir.
Pour tous remercîments, il faut que je te chasse:
Mais, avant que sortir, viens, que ton roi t'embrasse.

(Rodrigue sort.)

DON DIÈGUE

Chimène le poursuit, et voudrait le sauver.

LE ROI

On m'a dit qu'elle l'aime, et je vais l'éprouver.
Montrez un œil plus triste.

(Chimène entre en vêtements de deuil.)

LE ROI

Enfin, soyez contente,
Chimène, le succès répond à votre attente,
Si de nos ennemis Rodrigue a le dessus,
Il est mort à nos yeux des coups qu'il a reçus;
Rendez grâces au ciel qui vous en a vengée.

(*A don Diègue.*)

Voyez comme déjà sa couleur est changée,

DON DIÈGUE

Mais voyez qu'elle pâme, et d'un amour parfait,

Dans cette pâmoison, sire, admirez l'effet.
Sa douleur a trahi les secrets de son âme,
Et ne vous permet plus de douter de sa flamme.

CHIMÈNE

Quoi! Rodrigue est donc mort?

DON FERNAND

Non, non, il voit le jour,
Et te conserve encore un immuable amour
Calme cette douleur qui pour lui s'intéresse.

CHIMÈNE

Sire, on pâme de joie ainsi que de tristesse:
Un excès de tristesse nous rend tout languissants;
Et, quand il surprend l'âme, il accable les sens.

DON FERNAND

Tu veux qu'en ta faveur nous croyions l'impossible?
Chimène, ta douleur a paru trop visible.

. . . .

Ma fille, ces transports ont trop de violence.
Quand on rend la justice, on met tout en balance.
On a tué ton père, il était l'agresseur;
Et la même équité m'ordonne la douceur.
Avant que d'accuser ce que j'en fais paraître,
Consulte bien ton cœur; Rodrigue en est le maître,
Et ta flamme en secret rend grâces à ton roi.
Dont la faveur conserve un tel amant pour toi.

CHIMÈNE

Pour moi! mon ennemi! l'objet de ma colère!
L'auteur de mes malheurs! l'assassin de mon père!

. . . .

(Rodrigue rentre.)

LE ROI

Le temps assez souvent a rendu légitime
Ce qui semblait d'abord ne se pouvoir sans crime.
Rodrigue t'a gagnée et tu dois être à lui.
Mais, quoique sa valeur t'ait conquise aujourd'hui,
Il faudrait que je fusse ennemi de ta gloire
Pour lui donner sitôt le prix de sa victoire.
Cet hymen différé ne rompt point une loi
Qui, sans marquer de temps, lui destine ta foi.
Prends un an, si tu veux, pour essuyer tes larmes.

Rodrigue, cependant, il faut prendre les armes.
Après avoir vaincu les Maures sur nos bords,
Renversé leurs desseins, repoussé leurs efforts,
Va jusqu'en leur pays leur reporter la guerre,
Commander mon armée et ravager leur terre.
A ce seul nom de Cid ils trembleront d'effroi;
Ils t'ont nommé seigneur, et te voudront pour roi.
Mais, parmi tes hauts faits, sois-lui toujours fidèle:
Reviens-en, s'il se peut, encor plus digne d'elle:
Et par tes grands exploits fais-toi si bien priser,
Qu'il lui soit glorieux alors de t'épouser.

RODRIGUE

Pour posséder Chimène, et pour votre service,
Que peut-on m'ordonner que mon bras n'accomplisse !
Quoique absent de ses yeux, il me faille endurer,
Sire, ce m'est trop d'heur de pouvoir espérer.

LE ROI

Espère en ton courage, espère en ma promesse;
Et, possédant déjà le cœur de ta maîtresse
Pour vaincre un point d'honneur qui combat contre
Laisse faire le temps, ta vaillance et ton roi.   [toi,

XIV

Comment le cheval du Cid fut appelé Babiéca.

Rodrigue a puni l'homme qui avait outragé son père. Il a repoussé les Maures qui envahissaient Séville. Cette victoire lui a mérité d'être appelé *le Cid*, c'est-à-dire le seigneur.

Il rentre dans son château de Bivar, qui est situé à deux petites lieues de la grande ville de Burgos. Il se repose auprès de sa mère, tandis que son cheval de guerre broute tranquillement l'herbe de la prairie. C'est le moment de vous raconter à quelle occasion ce cheval avait été appelé Babiéca.

La *Chronique du Cid* raconte que, lorsque Rodrigue était encore enfant, il avait demandé à son parrain de lui donner un cheval de ses écuries. Lorsque Rodrigue arriva en âge de chevaucher, le parrain le fit entrer dans les écuries où il y avait un grand nombre de juments et de poulains. Afin que le cher filleul pût mieux choisir, le parrain fit sortir successivement devant lui toutes les juments avec leurs poulains. De tous ceux qui lui furent ainsi présentés, Rodrigue n'en avait choisi aucun. Tout en dernier, sortit une jument avec son poulain, lequel était fort laid et de pauvre apparence. Alors, Rodrigue dit à son parrain : « C'est celui-ci que je veux. » Son parrain, fort en colère, lui répondit : « Babiéca ! tu as mal choisi ! » Or, en langue castillane, *Babiéca* veut dire : imbécile. « Non, répliqua l'enfant Rodrigue ; celui-ci sera un bon cheval et il aura nom Babiéca. »

Et en effet, fut-il depuis un bon cheval et très chanceux. Rodrigue et Babiéca ne se quittèrent jamais et ils s'aimaient beaucoup l'un l'autre.

XV

Comment Rodrigue a fait prisonniers cinq rois Maures.

En ce temps-là, des rois maures sont entrés en Castille. Ils sont cinq rois maures de la Mauritanie. Ils poussent de grandes clameurs. Ils amènent une grande troupe.

Ils ont passé auprès de Burgos. Ils ont tout ravagé. Ils ont pris les troupeaux et les emmènent, et beaucoup de chrétiens captifs, des hommes, des femmes, des petits garçons et des petites filles.

Voici qu'ils retournent dans leurs terres, bien riches et sans être inquiétés : ni le roi ni personne n'est sorti pour reprendre ce qu'ils enlèvent.

Rodrigue l'apprend ; il était à Bivar, dans son château. Il est un gars encore tout jeune : il n'a pas vingt ans accomplis. Il monte sur Babiéca ; il a convoqué les hommes de sa terre ; beaucoup sont venus à lui.

Au château de Montes d'Oca, il donne un grand assaut aux Maures. Il est vainqueur des Maures ; il s'est emparé de leurs cinq rois. Il reprend tout le butin ; il délivre tous les chrétiens que les Maures menaient en esclavage. Il partage entre les gens qui l'avaient suivi tout le butin repris aux infidèles. Il emmène en son château de Bivar les cinq rois captifs et il les remet à sa mère.

Puis il les fit sortir de la prison et ils se reconnurent comme ses vassaux.

Tous louaient le bon Rodrigue de Bivar, et vantaient sa vaillance.

Les cinq rois maures s'engagèrent à lui payer tribut et, de retour dans leurs terres, ils accomplissaient leur engagement.

3.

XVI

Vous êtes prié d'assister à la bénédiction nuptiale qui leur sera donnée en l'église-cathédrale de Burgos.

Où préside l'amour, bien des injures s'oublient. L'ancienne inimitié s'était apaisée dans l'amour. A Chimène et à Rodrigue, le roi Ferdinand a pris parole qu'ils se marieraient tous deux en présence de l'évêque de Palencias.

Le roi donna au Cid et à perpétuité Valduerña, Saldaña, Belforado, Saint-Pierre-de-Cardeña.

Rodrigue descend dans la cour où le roi, l'évêque et les grands d'Espagne attendaient debout. Les grands lui font place, parce qu'il est le Cid. Le roi le met auprès de lui, parce qu'il a pressenti que le Cid lui conquerra beaucoup de royaumes.

Au moment d'aller à l'église pour y recevoir la bénédiction, oh! comme il montra sa prestance! comme il était sorti beau cavalier!

Après Rodrigue, est descendue Chimène. Elle portait un collier orné de huit grosses médailles, au milieu desquelles était suspendue une médaille de saint Michel, dont la valeur était estimée autant qu'une ville, rien que pour le travail.

C'était un dimanche matin, le soleil se leva clair, comme si l'événement eût fait plaisir au soleil lui-même. Ils se dirigent vers l'église en bon ordre, comme en une procession. On n'entend qu'un seul pas.

Les fiancés marchaient ensemble. Au moment de donner à Chimène la main et le baiser, Rodrigue, tout ému, lui dit en la regardant :

« J'ai tué ton père, Chimène, non en trahison, mais loyalement : j'ai tué d'homme à homme pour venger un outrage bien réel. J'ai tué un homme et je te rends un homme. Me voici à tes ordres : en place d'un père mort, tu as acquis un époux honoré. »

Cela parut bien à tous : on loua le jugement du Cid.

Ainsi fut célébré le mariage de Rodrigue de Bivar, le Castillan.

XVII

Divertissements pour le mariage.

Le Cid et l'évêque sortent ensemble de l'église. Une foule du peuple les escorte.

A son palais de Burgos, comme un bon parrain honoré, le roi Ferdinand emmène ses nobles filleuls. Dans la rue où ils passent, il a été dressé, aux frais du roi, un arc de triomphe très joli. Aux fenêtres, c'étaient des tapis; par terre, des joncs et du branchage; et, d'espace en espace, des couplets aux mariés.

Il y avait danse des serviteurs et des masques. L'un était déguisé en taureau au moyen d'un accoutrement rouge. Antolin était couvert de vessies et chevauchait sur un âne avec des étriers très courts à la mode arabe. Le roi fit donner la pièce d'argent à un autre pour ce qu'il faisait peur aux femmes, s'étant costumé en diable.

Chimène venait à la suite, donnant la main au roi, accompagnée de la reine, qui était sa marraine, et de toute la grandesse d'Espagne. Par les grilles et par les fenêtres, on jeta tant de grains de blé que le roi en portait une bonne poignée sur son chapeau, qui était à larges bords. La modeste Chimène en reçut bien mille grains dans sa gorgerette.

En marchant, le roi parlait à Chimène, mais en vain. Et, en effet, de belles paroles n'auraient pas aussi bien répondu que son silence. Arrivée à la porte du palais, la foule se range de droite et de gauche. Le roi et les invités restèrent à dîner.

XVIII

Le Cid pèlerin à Saint-Jacques de Compostelle.

Rodrigue de Bivar, le Cid,
Don Rodrigue est déjà parti
Pour aller visiter Saint-Jacques,
Où il va en pèlerinage...
Don Rodrigue, en sa compagnie,
Emmenait vingt de ses vassaux.
Il fit, partout où il passait,
Beaucoup de bien et grande aumône :
Il donnait à manger aux pauvres
Et à ceux qui se sont faits pauvres.

Or, comme il suivait son chemin,
Il entendit de grandes plaintes
Que poussait un pauvre lépreux.
Embourbé dans un marécage,
Il suppliait qu'on l'en tirât :
« Pour Dieu et pour Sainte Marie ! »
Don Rodrigue l'a entendu :
Il se rapproche du lépreux,
Et lâche la bride à sa bête.
Il met pied à terre aussitôt,
Puis porte en selle le lépreux
Et le place en avant de soi.

Ils arrivèrent à l'auberge
Et ce jour-là s'y hébergèrent.
Puis ils s'assirent pour souper :

Ils mangeaient à la même écuelle.
Mais ses compagnons s'irritèrent,
De ce que le Cid avait fait.
Ils ne veulent y assister
Et s'en vont dans une autre auberge.
A Don Rodrigue et au lépreux
On fit un seul lit pour dormir
Tous deux.

      Au milieu de la nuit,
Quand Rodrigue dormait déjà,
Entre les épaules du Cid,
Le lépreux soufflà, mais si fort,
Que, par la poitrine du Cid,
Le souffle du lépreux sortait.
Rodrigue s'éveille effrayé,
Se met à chercher le lépreux;
Mais ne le trouve plus au lit.
Il crie après une lumière,
Et la lumière est apportée;
Mais le lépreux ne paraît pas.

Rodrigue était rentré au lit;
Mais il avait un grand souci
De ce qui était arrivé.
Il voit alors venir à lui
Un homme vêtu tout de blanc;
Et cet homme lui dit : « Rodrigue!
» Dors-tu, Rodrigue, ou veilles-tu?
— Je ne dors pas, répond le Cid;
» Mais, toi, dis-moi donc qui tu es,
» Toi, qui resplendis tellement?
— Je suis saint Lazare, ô Rodrigue,

» Et suis venu pour te parler :
» Je suis le lépreux à qui, toi,
» Pour Dieu, tu as fait tant de bien.
» Rodrigue, Dieu t'aime beaucoup
» Et, pour toi, il m'a accordé
» Que ce que tu entreprendras,
» Dans la guerre ou bien autrement,
» A ton honneur tu l'accomplisses;
» Que tu grandisses chaque jour;
» Que tu sois rédouté de tous,
» De tous, des chrétiens ou des Maures,
» Et que tes ennemis ne puissent,
» Ne puissent pas te molester.
» Tu mourras de mort honorée.
» Tu n'auras pas été vaincu;
» Tu seras partout le vainqueur.
» Bénédiction Dieu t'envoie. »

En disant ces mots, saint Lazare
A disparu soudainement.
Rodrigue se lève aussitôt
Rodrigue se met à genoux :
Il rend grâces au Dieu du ciel,
A Dieu et à Sainte Marie.
Ainsi reste-t-il en prière
Jusqu'à ce que le jour paraisse;
Et puis il va à Compostelle
Accomplir son pèlerinage.

XIX

Comment le Cid répond à Martin Gonzalez.

En revenant de Compostelle, le Cid alla à Calahorra où était le bon roi. Le roi le reçut très bien
et se réjouit de sa venue.

Au sujet de cette ville de Calahorra, un conflit
s'est élevé entre le roi Ferdinand et le roi d'Aragon,
car chacun des deux dit que Calahorra fait partie
de son royaume.

Afin d'éviter les batailles et le carnage, les deux
rois se sont mis d'accord que deux chevaliers seulement combattront: un pour chaque parti. Le roi
de celui qui sera vainqueur possédera la ville de
Calahorra.

Le roi Ferdinand choisit Rodrigue de Bivar. Le
roi de Léon choisit Martin Gonzalez, le très fort et
très courageux.

Armés qu'ils sont tous les deux, ils entrent dans
le champ du combat; ils échangent le salut d'usage
et ils se choquent avec grande vigueur: les deux
lances sont rompues du coup. Ils sont blessés tous
les deux; les coups qu'ils ont reçus à la rencontre les
ont irrités. Alors Martin Gonzalez parla à Rodrigue,
et de cette façon:

« Repentez-vous, Rodrigue, d'avoir osé accepter
» contre moi ce combat, d'où vous sortirez mal
» arrangé; car cette tête à vous restera ici dans le
» champ. Vous ne retournerez pas en Castille; vous

» ne retournerez pas à Bivar, votre domaine. Chi-
» mène, votre femme, ne vous verra plus jamais à
» son côté, quoiqu'on dise que vous l'aimiez, et que
» vous soyez aimé d'elle. »

Rodrigue est très irrité des paroles que Martin
Gonzalez a dites; avec grande colère, il lui parle
ainsi:

« Votre langage, ô Martin, n'est pas celui d'un
» homme brave; car le combat commencé, il doit
» se terminer par les mains, et non par ces vains
» discours dont vous êtes si bien pourvu. Ce sur
» quoi vous discourez est dans la main de Dieu.
» Dieu donnera la gloire à celui en qui il la jugera
» bien placée. »

Vous eussiez vu avec quelle colère il s'élance
contre Martin; il lui assène un grand nombre de
coups et il le renverse par terre. Aussitôt il descend
de cheval, coupe la tête de Martin sans lui faire
d'incivilité. Il essuye vite le sang sur son épée;
puis, il met genoux en terre, lève les mains au ciel
et remercie Dieu qui lui a donné une telle victoire.

Ensuite, parlant aux juges du combat, il les inter-
roge: « Y a-t-il à faire quelque chose encore afin
» que la ville de Calahorra, pour laquelle j'ai com-
» battu, soit du royaume de mon seigneur? »

Ils répondent tous ensemble: « Non, brave che-
» valier; en ce combat, vous avez ôté tout droit au
» roi d'Aragon, qui prétendait que Calahorra était
» de son royaume. »

Le roi Ferdinand embrassa Rodrigue et lui fit
honneur. Rodrigue était très aimé par le roi et loué
par tout le monde.

XX

Comment le Cid protège une dame.

Voici que passe un hardi chevalier sur un cheval rapide. Son armure brillante est d'acier fin, sa lance lourde et longue est surmontée d'une banderolle blanche. C'est Rodrigue.

Il est sorti de la Castille. Il cherche le brave Maure Abd-Allah, pour le combattre.

Babiéca s'arrête tout d'un coup. En vain Rodrigue l'éperonne ; la bête ne mouve : Rodrigue se dresse sur les étriers ; il regarde à droite, à gauche, par devant, par derrière. Il écoute.

Il entend bientôt une voix gémissante qui partait du bois. Vite, il se lance dans le fourré. Il allait descendre de cheval ; il en était presque descendu, lorsqu'il aperçut quatre cavaliers et, au milieu d'eux, une dame qui se défendait ; mais elle est déjà bien fatiguée.

« A mon aide, crié-t-elle, en apercevant Rodrigue, à mon aide, si vous connaissez la courtoisie ! »

Voici Rodrigue, la lance en avant, qui se précipite sur les ravisseurs. Les quatre cavaliers de lui faire front ; mais leur choc n'a pas ébranlé le Cid de la selle, tandis que lui a démonté un des quatre assaillants. Il saisit son épée et il en frappe un second de si grand coup qu'il l'a renversé par terre. Les deux autres s'enfuient.

Il les laisse aller et s'approche de la dame pour

lui parler; mais la dame, toute tremblante, ne répond mot: elle disparaît bientôt dans le fourré, où elle retrouve son compagnon, que les quatre cavaliers avaient assommé plus qu'à moitié pour s'emparer d'elle.

Rodrigue ne cherche pas à la suivre: il rentre en Castille et dans son domaine de Bivar.

XXI

Les plaintes de Chimène.

Alarme! Alarme! sonnaient les fifres et les tambours. Guerre! feu! sang! disaient leurs voix épouvantables.

Des troupes innombrables de Maures ont envahi l'Estramadure : ils font de nombreux captifs parmi les chrétiens qui n'ont aucun moyen de se défendre. Ils appellent Rodrigue à leur aide. Rodrigue a convoqué ses gens. Tous ceux qui viennent à Bivar sont des parents ou des amis.

Rodrigue apprête sa troupe. Tous se mettaient en rang, lorsque, pleurant et humble, Chimène dit à son mari :

Roi de mon âme, comte de cette terre,
Où vas-tu donc? pourquoi m'abandonner?

Rodrigue a entendu les plaintes amères de sa femme bien-aimée : il ne peut s'empêcher de la consoler et de pleurer : « Essuyez vos pleurs, ô madame, jusqu'à mon retour. » Elle répète avec douleur :

Roi de mon âme, comte de cette terre,
Où donc vas-tu? pourquoi m'abandonner?

XXII

*Le Cid a délivré les chrétiens et comment Chimène
lui parlait.*

Les voici partis pour l'Estramadure, à la recherche
des Maures. La bannière du Cid est portée en tête,
la bannière de leur capitaine. C'est plaisir de le
voir chevaucher sur Babiéca. Il encourage les siens :
« Qu'aucun de vous ne montre de lâcheté ; car, tous,
» vous êtes des preux de Castille. Mourons en
» braves : c'est ici qu'il fait bon mourir. »

Ils atteignaient les Maures ; ils leur livrèrent une
bataille rangée. Rodrigue fut victorieux ; il délivra
les chrétiens captifs et enleva aux envahisseurs tous
leurs troupeaux. Il les poursuivit l'espace de sept
lieux, et, tant y périrent, qu'on n'en saura jamais le
nombre.

Rodrigue fit un grand butin ; il ramena plus de
deux cents chevaux, beaucoup de prisonniers. Cent
mille marks d'argent lui restèrent. Rodrigue répartit
le tout entre ses compagnons : il était sans cupidité.

Puis il rentra à Bivar, fort honoré de tous et
particulièrement du roi.

Il rentrait à Bivar, mais pour en repartir bientôt.
Chimène lui dit :

« O mon Rodrigue, avec si longue absence, vous
» faites perdre à Chimène la patience et la vie !
» Vous vous fiez à ce que je vous aime... Votre
» Chimène n'est pas telle qu'elle puisse vous faire

» trahison ; mais la jalousie lui fait la guerre. Dites,
» que voyez-vous en moi qui vous pousse à m'aban-
» donner ainsi ?

» Mon Rodrigue, avec si longue absence, vous
» faites perdre à Chimène la patience et la vie !

» O cœurs ingrats des hommes ! Si les femmes con-
» naissaient bien votre inconstance certaine, aucune
» ne vous croirait.

» Mon Rodrigue, avec si longue absence, vous
» faites perdre à Chimène la patience et la vie ! »

XXIII

Comme quoi il y eut jadis un autre Rodrigue.

D'après le témoignage d'un historien arabe, le Cid disait : « Sous un Rodrigue, l'Espagne a été » conquise par les Maures; mais un autre Rodrigue » la délivrera. »

Car il faut savoir que c'est un prince nommé aussi Rodrigue qui avait amené les Maures dans la péninsule, plusieurs siècles auparavant. Sous cette affaire de trahison, il y avait, comme toujours, une histoire de femme : *le Rhapsode* n'a pas le loisir de vous la raconter.

Le propos du héros espagnol ne passera pas sans rappeler aux Français les paroles de notre héroïne lorraine. Il y avait eu, sous le règne de Charles VI, une affreuse reine, nommée Isabeau de Bavière. Jehanne d'Arc disait : « La France a été désolée par » une femme; elle sera restaurée par une vierge. » Et ainsi fit-elle.

Et Rodrigue de Bivar a si bien combattu les Maures, qu'il ne leur restera bientôt plus que le petit royaume de Grenade, dont ils furent plus tard expulsés et rejetés dans cette Afrique, d'où l'autre Rodrigue les avait amenés.

Aussi, le Cid n'a-t-il cessé de combattre les ennemis de la chrétienté jusqu'à sa mort et même après sa mort, comme on verra par la suite. Pour cela, les Espagnols l'appelaient le *Campéador* (en latin

Campidoctus ou *Campiductor*), ce qui veut dire l'homme qui est toujours en campagne ou dans le camp, et habile à la guerre.

On appelait Rodrigue du nom de Diaz, ce qui veut dire : fils de Dièque. Les Espagnols le nommaient familièrement, et ils le nomment encore « Mon Cid » *(Myo Cid)* ou « le bon Rodrigue, celui de Bivar ». Et comme le Cid a réussi dans ses entreprises pour le bien de la chrétienté, les Espagnols le désignent encore ainsi : « Celui qui est né à une bonne heure. »

———

A cet endroit finit la première branche de cette geste, la geste de mon Cid Campéador, le bon Rodrigue de Bivar, qui est né à une bonne heure.

DEUXIÈME BRANCHE

LE CAMPÉADOR

IIME BRANCHE DE LA GESTE

XXIV

*Où l'on va voir ce qui arriva après la mort
du roi Ferdinand.*

Bientôt le roi Ferdinand tomba malade pour ne
plus se relever. Il laissait une succession fort
embrouillée, comme il arrivait souvent à cette
époque où les États du prince défunt étaient par-
tagés entre ses enfants.

Ferdinand avait trois fils : Sanche, Garcie, Alphonse ;
et deux filles dont l'une, nommée Urraca, n'avait
pas été dotée. Sur le lit où il allait mourir, il dit à
Urraca : « Je ne veux pas te laisser pauvre ; à toi,
» je laisse Zamora, une ville qui a de bons remparts
» et de bonnes tours. Et si quelqu'un te prend
» Zamora, que ma malédiction tombe sur lui ! »
Tous ont répondu : *Amen*, tous excepté son frère
Sanche. Sanche garda le silence ; on le remarqua.

Le roi Sanche commença par dépouiller ses frères de leur héritage; il ne tarda pas à mettre le siège devant Zamora pour en dépouiller sa sœur. Le Cid lui déconseillait de le faire; mais il ne tint pas compte du conseil. Mal lui en advint. Un traître l'amena seul au pied des remparts, comme pour lùi montrer une ouverture secrète par laquelle il pourrait surprendre Zamora et s'en emparer. Et il le frappa mortellement par derrière. Le fer du javelot sortit par la poitrine et alla se ficher en terre, où le roi resta comme cloué.

Le roi gît là moribond. Tous accourent autour de lui et débitent de vaines flatteries. Personne ne lui eût dit la vérité, si un bon vieux chevalier, le comte de Cabra, ne lui eût parlé ainsi: « Vous êtes mon seigneur et roi; je suis, moi, votre vassal, et je dois vous parler selon la vérité. Ne prenez plus souci de votre corps, car son temps est passé. Le terme approche. Acquittez-vous des obligations contractées lorsque vous avez reçu le baptême. Prenez soin de votre âme. »

Sanche pleure. Déjà sa langue bégayait lorsqu'il répondit au comte:

« Je vois bien pour quelle cause je suis réduit en
» cet état; c'est pour les péchés dont je me suis
» rendu coupable envers la majesté sacrée de Dieu.
» J'ai enlevé à mes frères ce que mon père leur avait
» donné, et j'ai voulu prendre cette ville de Zamora
» qu'il avait léguée à ma sœur.

» Mes fidèles vassaux, je vous prie de demander
» à mes frères qu'ils pardonnent mes torts envers
» eux.

» Je recommande mon âme à Dieu, et, puisque me
» voilà dans ces dispositions, qu'on m'apporte les
» sacrements; nous sommes arrivé à la mort. »

Il reçut un cierge, qu'il tenait à la main suivant
la coutume espagnole de ce temps. L'âme s'échappa;
peu à peu le corps devint froid.

Personne ne crut que l'assassin eût agi de sa
propre inspiration; mais on ne sut pas qui avait
armé sa main du javelot fatal. Les soupçons
planaient.

4.

XXV

Comment le Cid contraignit le roi Alphonse à jurer sur les Saints Évangiles.

L'infante Urraca a envoyé un messager à son frère Alphonse, qui était réfugié auprès du roi maure de Tolède. Don Alphonse arrive promptement à Zamora pour succéder à son frère Sanche. Le Cid refuse de lui toucher la main : « Don Alphonse, lui » dit-il, vous ne régnez que par la force : tous vos » vassaux soupçonnent que vous êtes le seul cou-» pable de la mort de votre frère. Qui me voudra » pour vassal et pour défenseur devra me payer » une bonne solde, sinon; je garde ma liberté. En » outre, il ne me convient pas, à moi, il ne me plaît » pas d'obéir à un traître. »

Bientôt, Alphonse était assis avec ses chevaliers, dans l'église de Sainte-Agathe de Burgos. C'est l'une des trois églises où les chevaliers prêtent serment.

Le Cid a pris un livre; c'est le livre des Saints Évangiles. Il a posé le livre sur l'autel. Sur le livre, il a posé la main du roi Alphonse. Et voici comme il lui parla :

« Vous êtes héritier de la couronne, Alphonse; » personne ne veut vous le contester; mais nous » vous demandons de jurer à haute voix, vous, avec » douze des vôtres, que vous n'avez rien à vous » reprocher dans le meurtre du roi Sanche. Si vous » ne dites pas la vérité, si vous affirmez un men-

» songe, fasse le ciel qu'un traître vous ôte la vie,
» et que ce soit un de vos vassaux, comme l'assassin
» du roi Sanche était son vassal. »

— *Amen, Amen*, dit le roi Alphonse.

Le serment lui fut demandé par trois fois et le
roi jura trois fois ; mais, pour s'être vu ainsi pressé,
il garda du ressentiment contre le Cid et il lui voulut
du mal. Et des courtisans perfides ne manquaient
pas de l'exciter contre le Cid : « Avec cette appa-
» rence de brave chevalier et de loyal serviteur, il se
» moque de vous, bon roi. » Ces discours perfides
entretenaient la colère du roi ; mais Alphonse dissi-
mulait son ressentiment ; il attendait une occasion
pour se venger.

XXVI

Le Cid exilé.

Pendant le règne de son frère Sanche, Alphonse s'était réfugié à Tolède, chez le Maure Ali-Mainion. Les deux rois étaient restés en bonne amitié. Or, il arriva que le roi Ali-Mainion porta plainte à Alphonse contre le Cid. Celui-ci, disait le Maure, avait fait des captifs jusque dans Tolède : il avait enlevé jusqu'à sept mille de ses sujets et emporté un riche butin. Ce fut l'occasion que le roi Alphonse attendait.

« Sors de mes terres, ô Cid, chevalier mal
» appris. Sors de mes terres dans les neuf jours, à
» partir du jour d'hui, et que je ne t'y voie pas
» avant un an.

» Je séquestrerai tes comtés, ton domaine de
» Bivar, jusque je sache bien si, avec l'assentiment
» des miens, je puis les confisquer. Ne réplique pas
» un mot, car, par saint Pierre et le bienheureux
» saint Millan, je jure que je te ferais enfermer
» aussitôt.

— Volontiers, dit le bon Cid. Vous m'exilez pour
» un an, moi je m'exile pour quatre ans. »

Et le Cid prend congé sans baiser la main du roi.

Et il va quitter la Castille, celui qui est né à une bonne heure, celui qui porte une lance vaillante, Rodrigue le Campéador. Tous pleurent dans la

Castille et dans le Léon. « Dieu ! disent-ils, quel bon
» vassal, s'il avait eu un bon seigneur ! »

Il va partir avec trois cents vaillants chevaliers.
Tous sont à la fleur de l'âge : pas un vieux, pas un
à cheveux blancs. Tous portent au poing une lance
au fer aiguisé. Tous portent un écu aux houppes
écarlates. Ils veulent l'accompagner dans l'exil. Ils
veulent le servir volontairement. Ils veulent mourir
avec lui sur le champ de bataille.

« Amis, dit le Cid, s'il plaît à Dieu que nous reve-
» nions en Castille, je vous prédis que nous y
» rentrerons riches et honorés. »

XXVII

Comment le Cid fut accueilli à Burgos.

Mon Cid avec les siens a chevauché vers Bivar.
Et quand il vit désert le château, pleurant fortement de ses yeux, il restait à le regarder. Il vit les
portes ouvertes, les issues sans cadenas ; plus de
fourrures, plus de manteaux ; les perchoirs vides,
pas de faucons et d'autours. Mon Cid soupira : il
avait beaucoup de soucis.

Mon Cid parle bien et dans la mesure : « Grâces
» te soient rendues, Seigneur, qui es là-haut ! Voilà
» ce que m'ont valu mes méchants ennemis ! »

Alors mon Cid entre dans la grande ville de
Burgos. Il menait en sa compagnie soixante éten-
dards. Les hommes, les femmes sortent pour le
voir. Les bourgeois, les bourgeoises se mettent aux
fenêtres : ils pleurent, tant ils sont affligés. Tous
disaient aussi : « Dieu ! quel bon vassal, s'il eût eu
» un bon seigneur ! » Ils l'inviteraient volontiers,
mais nul n'osait. La gent chrétienne est fort
affligée.

Le Campéador alla vers sa maison : il trouve la
porte fermée. S'il ne la brise, personne ne l'ouvrira
par peur du roi Alphonse. Les gens du Cid appellent à grands cris : ceux du dedans ne voulaient
pas répondre. Le Cid s'approche de la porte et la
frappe d'un grand coup de pied : la porte était bien
fermée, elle ne s'ouvrit pas.

Alors une petite fille de neuf ans s'arrête devant lui : « O Campéador, dit-elle, qui avez ceint l'épée » à une bonne heure, le roi a défendu. Pour rien » au monde, nous n'oserions vous ouvrir; car nous » y perdrions nos biens et nos maisons et, de plus, » les yeux du visage. A notre mal, vous ne gagne- » riez rien, ô Cid; mais que le Créateur et ses » anges vous protègent! » Et la petite fille retourna vers sa demeure.

Le Cid pique des deux éperons et traverse la ville de Burgos. Une fois sorti, il met aussitôt pied à terre, il s'agenouille et récite de cœur une prière.

Près la ville d'Alarzon, il fait dresser sa tente. Mon Cid Campéador, celui qui a ceint l'épée à une bonne heure, campa sur la grève : personne n'avait voulu le recevoir en sa maison.

XXVIII

*Ce que le Cid a imaginé pour emprunter de l'argent
à deux juifs.*

Alors le Cid appela son neveu Martin Antolinez
et il lui dit :

« J'ai dépensé tout mon or et tout mon argent;
» vous voyez que je n'en ai plus et j'en ai besoin
» pour toute ma compagnie. Il faut que je m'en
» procure par force ou par adresse ; car, de bon gré,
» je n'obtiendrais rien. Nous allons préparer deux
» coffres. Remplissons-les de sable pour qu'ils
» soient bien lourds. Recouvrons-les de cuir rouge
» et clouons-les avec des clous bien dorés. Allez
» promptement trouver les deux juifs, Rachel et
» Vidas. Dites-leur que je ne puis emporter dans
» l'exil tout mon avoir, parce qu'il est trop pesant
» et que je veux l'engager pour ce qui sera jugé
» convenable. Je le fais à regret. Avec l'aide de
» Dieu, je les dédommagerai le plus tôt que je
» pourrai. »

Martin Antolinez ne perd pas de temps. Il arrive
à Burgos. Les deux juifs étaient ensemble, occupés
à compter leur argent, à compter ce qu'ils avaient
gagné ! « Je voudrais vous parler en secret, dit
» Antolinez. Rachel et Vidas, engagez-moi votre foi
» que vous ne me découvrirez ni à Maures ni à
» chrétiens et je vous ferai riches pour le reste de
» vos jours. Vous vous rappelez que le Cid a fait

» dernièrement une invasion chez les Maures de
» Tolède, et qu'il leur a enlevé des biens considé-
» rables. Il en a gardé une grande partie et c'est là
» précisément ce qui a occasionné sa disgrâce.
» Devant la colère du roi, il a dû abandonner son
» château de Bivar et ses domaines, mais il a
» emporté deux coffres pleins d'or pur. S'il les
» transporte avec lui, on les découvrira. Le Cam-
» péador les laissera entre vos mains et vous lui
» prêterez en pièces d'argent une somme raison-
» nable; mais engagez votre foi sous grand serment
» que vous n'ouvrirez pas les coffres de toute
» l'année. »

Les deux juifs se consultent; après quoi, ils
répondent : « Nous prendrons les coffres, nous les
» mettrons en lieu sûr; mais dites-nous quelle
» somme le Cid demande-t-il que nous avancions
» et combien il nous donnera d'intérêts pour toute
» cette année.

— Mon Cid, répond Antolinez, ne voudra qu'une
» chose raisonnable : il vous demandera peu pour
» ne pas exposer son dépôt. Des gens nécessiteux
» s'adressent à lui de tout côté : il a besoin de cinq
» cents marks. Le Cid est pressé : donnez-moi les
» marks.

— Oh! oh! doucement, doucement, dirent les
» juifs; l'affaire ne peut se faire ainsi, mais prenant
» d'abord, donnant ensuite. »

Martin Antolinez y consent. Les voilà partis tous
les trois. Ils arrivent au camp. Les juifs baisent la
main du Cid. Il faut charger les coffres : ils étaient
si lourds qu'on avait de la peine à les soulever.

« Emportez-les, dit Antolinez à Rachel et à Vidas;
» moi, j'irai avec vous pour rapporter les cinq cents
» marks, car il faut que mon Cid se mette en route
» avant le chant du coq. »

Et il fut ainsi; mais les juifs avaient déjà soutiré
du Cid la promesse d'une belle fourrure mauresque
par-dessus le marché. Par contre, Martin Antolinez,
en recevant les marks, leur dit : « Maintenant,
» Rachel et Vidas, les coffres sont entre vos mains;
» je mérite bien des chausses pour la commission. »
Les juifs se dirent entre eux : « Faisons-lui un beau
» présent, car c'est lui qui nous a procuré une
» bonne affaire. » Et ils lui remirent en don trente
marks.

Ainsi les juifs avaient déboursé cinq cent trente
marks contre la garantie de deux jolis coffres remplis de sable. Est-ce que la parole du Cid ne valait
pas plus que de l'argent monnayé ou que de l'or
en barres !

L'un des coffres est conservé dans la cathédrale
de Burgos. Nous le reproduisons, d'après une pho-
tographie, sur le titre de ce volume.

XXIX

*Où le Cid confie sa femme et ses filles à l'abbé
de Saint-Pierre de Cardena.*

Les tentes sont pliées, car le délai fixé par le roi
au Cid pour vider la Castille expirera dans trois
jours.

Le bon Rodrigue de Bivar est monté sur Babiéca.
Avant que de se mettre en marche, il tourne la tête
du cheval vers le sanctuaire de la Sainte Vierge ; il
lève la main droite ; il fait le signe de la croix :

« A toi je rends grâces, Dieu qui gouvernes le
» ciel et la terre. Que tes vertus me soutiennent,
» glorieuse Sainte Marie ! D'ici, je vais quitter la
» Castille, puisque le roi est irrité contre moi. Je ne
» sais si j'y rentrerai de tous les jours de ma vie.
» Que votre vertu me soutienne, ô glorieuse ! dans
» mon exil ! qu'elle me vienne en aide ; qu'elle me
» secoure de nuit et de jour. Si ainsi vous faites, si
» ma bonne chance est accomplie, j'enverrai à votre
» autel des dons beaux et riches et je m'engage à y
» faire célébrer mille messes.

» — Moi aussi, dit Martin Antolinez, je veux aller
» voir ma femme et lui laisser mes instructions. Si
» le roi prend mon bien, je m'en soucie. Je serai de
» retour avant le lever du soleil. »

Lorsque la troupe arriva au monastère des Béné-
dictins à Saint-Pierre de Cardena, Dieu ! comme il

fut joyeux, l'abbé don Sanche! « Je rends grâces à
» Dieu, mon Cid, recevez de moi l'hospitalité.

— Merci, seigneur abbé, je suis votre obligé. Je
» pourvoirai aux vivres pour moi et aussi pour mes
» vassaux; mais, comme je quitte cette terre, je vous
» donne cinquante marks; si je vis encore quelque
» temps, ils vous seront doublés : je ne veux pas
» faire dans le monastère un denier de dommage.
» Voici que je vous remets aussi cent marks pour
» dona Chimène Servez elle, ses filles et ses dames,
» pendant cette année. Je laisse deux filles bien
» jeunes; prenez-les sous votre protection. Je vous
» les recommande. Ayez-en bien soin. Si les cent
» marks ne suffisent pas à leur dépense, pourvoyez-
» les de tout. Pour un mark que vous dépenserez,
» j'en donnerai quatre au monastère. »

XXX

Comment le Cid parle à Chimène.

Voici venir Chimène avec ses filles. Chimène pleure des yeux; elle fléchit le genou devant le Campéador; elle veut lui baiser les mains. « Cam- » péador, vous naquîtes à une bonne heure! Me » voici devant vous, moi et mes filles : elles sont des » enfants toutes jeunes. Je vois que vous allez » partir et nous devons nous séparer de notre « vivant. Aidez-nous pour l'amour de Sainte Marie. »

Le Cid a posé les mains sur sa belle barbe; il a pris ses filles dans ses bras; il les attire sur son cœur, car il les aime beaucoup. Il soupire grandement; il pleure des yeux.

« Chimène, ma femme accomplie, je vous aime » autant que mon âme. Vous le voyez, il faut nous » séparer encore vivants. Je vais partir et vous res- » terez délaissée. Plaise à Dieu et à Sainte Marie » que, de ma main, je puisse encore marier ces » miennes filles, et qu'il m'accorde encore quelques » jours de vie, et que vous, femme honorée, vous » soyez encore servie par moi! »

XXXI

La prière de Chimène.

Au chant du coq, ils pensent à chevaucher. On sonne *matines* en grande hâte. Mon Cid et sa femme vont à l'église. Chimène s'est placée sur les marches, devant l'autel, priant le Créateur du mieux qu'elle sait, afin que Dieu préserve de malheur mon Cid le Campéador :

« Seigneur glorieux, Père qui es aux cieux,
» Tu fis le ciel, et la terre, et la mer,
» Tu fis les étoiles, et la lune, et le soleil pour
[réchauffer;
» Tu as pris chair dans une sainte Mère,
» Tu apparus à Bethléem,
» Comme ce fut ta volonté.

» Les pasteurs t'ont glorifié et loué.
» Trois rois d'Arabie sont venus t'adorer,
» Melchior, Gaspard et Balthazar t'offrirent
» L'or, l'encens et la myrre,
» Comme ce fut ta volonté.

» Tu sauvas Jonas quand il était tombé dans la mer,
» Tu sauvas Daniel des lions dans la prison,
» Tu sauvas, dans Rome, le seigneur saint Sébastien,
» Tu sauvas sainte Suzanne d'une fausseté criminelle.
» Sur la terre tu as passé trente-deux ans,
» Montrant des miracles dont nous avons à parler
» De l'eau tu fis du vin et du pain de la pierre.
» Tu ressuscitas Lazare ; ce fut ta volonté.

» Par les Juifs tu te laissas prendre au lieu appelé
[Calvaire,
» lls te mirent en croix au lieu appelé Golgotha,
» Avec deux larrons, un de chaque côté;
» L'un est en paradis; l'autre n'y entra pas.
» Tu ressuscitas du tombeau et tu fus aux enfers,
» Comme ce fut ta volonté.

» Tu en brisas les portes et en retiras les saints
[patriarches.
» Tu es Roi des rois et le Père du monde entier.
» Je t'adore et je crois en toi de toute ma volonté,
» Et je prie saint Pierre qu'il m'aide à prier
» Pour mon Cid le Campéador, que Dieu le sauve de
[tout mal
« Quand aujourd'hui nous nous séparons, que nous
[rejoignions vivants.

La prière finie, on achevait la messe. Ils sortaient
de l'église. Déjà ils veulent chevaucher. Le Cid va
embrasser Chimène et Chimène va baiser la main au
Cid, pleurant des yeux, qu'elle ne sait que faire. Et
lui, il se tourna de nouveau à regarder ses filles :
« Je vous recommande à Dieu, enfants, et à ma
» femme et au Père spirituel. Maintenant, nous nous
» séparons, Dieu sait à quand la réunion? »

Ils pleuraient des yeux, que vous n'avez rien vu
de pareil. Ils se séparent les uns des autres, comme
l'ongle de la chair.

XXXII

Les conquêtes du Cid pendant son exil.

Le Cid dit : « Le roi m'a expulsé de la Vieille
» Castille ; je conquerrai pour son royaume une
» Nouvelle Castille. » Et ainsi fit-il.

Il a laissé sa femme et ses filles à Saint-Pierre de Cardena. Ses compagnons le suivent : ils entrent sur les terres des Maures ; ils gagnent beaucoup de batailles ; ils soumettent beaucoup de châteaux ; ils rendent tributaires beaucoup de rois ; ils prennent de grandes richesses et font beaucoup de prisonniers ; mais le Cid ne voulut garder pour lui ni captifs ni captives. De nombreux volontaires lui arrivent de tous côtés.

En peu de temps, il a poussé jusqu'au bord de la mer, jusqu'à la grande ville, Valence, que les Maures appellent leur paradis. Il se mit à l'assiéger. Il fixa à la ville un délai de neuf mois pour se rendre, si les princes Maures Almoravides ne venaient pas la secourir.

Valence était serrée de très près. Les vivres vinrent à manquer. La *Cronica del Cid* (1) fait un récit navrant de la détresse des habitants. On se nourrissait de cuir de vache et de bouillon fait avec ce cuir. Les hommes pauvres mangeaient même la chair des cadavres. On voyait un homme et il tombait mort

(1) Cité par M. E. de Saint-Albin : *Légende du Cid* — T. II, page 178.

de faim. Toutes les places étaient remplies de fosses
et dans chacune on mettait dix à douze corps. Ceux
qui pouvaient sortir allaient se mettre prisonniers
aux mains des chrétiens. Les gens étaient si exté-
nués qu'il n'y avait presque plus personne pour
monter sur les remparts.

Arrive le dixième mois. Les Maures Almoravides
n'avaient rien fait pour secourir les assiégés. La ville
fut rendue sur l'heure de midi. Les habitants, con-
tinue la *Chronique*, semblaient sortir des tombeaux.
Ainsi en sera-t-il au jour du jugement dernier, alors
que les morts sortiront de leurs fosses et viendront
devant la majesté de Dieu. Les Maures des environs
apportaient des vivres. Ceux qui n'avaient pas d'argent couraient manger l'herbe des champs. D'autres
moururent pour avoir trop mangé après une si
longue abstinence.

XXXIII

Le Cid à Valence.

Grande fut la joie lorsque mon Cid entra dans Valence. Qui pourrait compter l'or et l'argent que les chrétiens y trouvèrent? Tous ceux qu'il y avait là devinrent riches. Qui était arrivé à pied s'en retourna à cheval. Voici les ordres que le Cid donna en entrant : « Prenez soin des blessés, enterrez les cadavres — dites à ces malheureux habitants que, si nous nous montrons terribles pendant la guerre, nous devenons compatissants dans la paix — inspirez-leur assez de confiance pour venir à moi. Ils garderont leurs lois et leurs mosquées — je n'ai pas l'intention de m'emparer de leurs propriétés, ni de prendre leurs filles. Je ne connais que ma femme légitime que j'ai laissée à Saint-Pierre de Cardena. »

En ce moment, il arriva à Valence un prêtre qui s'appelait Hiéronyme autrement dit Jérôme. Il était Français, natif de Périgueux, du reste, fort lettré et fort prudent. Lorsque mon Cid l'apprit, il en fut satisfait: il dit à Alvar Fanez: « Puisque Dieu a » daigné nous venir en aide, soyons-lui reconnais- » sants. Dans ce pays de Valence, je veux doter un » évêché et que ce bon chrétien en soit l'évêque. »

Et ainsi fit-il. Hiéronyme fut sacré évêque par un autre Français, nommé Bernard, qui était alors archevêque de Tolède. »

Dieu! quelle joie dans toute la chrétienté de ce

que, dans ce pays de Valence, il y avait un seigneur évêque. Il pontifia dans l'église qui fut dédiée à *Notre-Dame de los desemparados*, c'est-à-dire des *abandonnés*. On dit maintenant la *Valencia del Cid*. Le Campéador avait bien mérité que la ville prî son nom.

Le Cid dit à Alvar Fanez : « Vous irez en Castille » et vous emporterez de bons messages. » Or, voici les instructions que le Cid lui donna.

XXXIV

Qui paye ses dettes...

« Aux deux honorables juifs, Vidas et Rachel, vous porterez deux cents marks d'or, autant d'argent, pas davantage. C'est ce qu'ils m'ont remis en prêt lorsque je partais pour l'exil, et cela sous le gage de deux coffres remplis de sable et de ma parole. Vous les prierez de me pardonner, car je n'ai fait cela que par ma grande nécessité. Et encore qu'ils pensent que les coffres contenaient seulement du sable, ma parole y était. Payez-leur aussi les intérêts auxquels je me suis engagé, et cela à partir du jour même où j'ai touché leur argent. »

Alvar Fanez remit aux juifs capital et intérêts, sans retenir un maravédi. « Votre argent, dit-il, » n'était pas prêté sur un gage, mais sur l'honneur » du Cid : il avait enfermé dans les coffres l'or de » sa loyauté, un trésor sans prix. »

La loyauté du Cid est si bien établie en Espagne, que l'expression : *Foi de Rodrigue !* y est restée une formule de serment populaire (1).

(1).E. de Saint-Albin, II, 185.

XXXV

Le Cid envoie Alvar Fanez auprès du roi Alphonse.

Le Cid dit encore à Alvar Fanez :

« Au roi Alphonse, mon seigneur naturel, sur le butin que nous avons fait ici, je veux donner cent chevaux et quatre rois maures, mes captifs. Allez les lui mener. De plus, vous lui baiserez la main pour moi, et vous le prierez instamment pour ma femme et mes filles, qu'il me les laisse retirer de son royaume où je les ai placées; j'enverrai alors devers elle, pour que la femme et les filles du Cid arrivent en grand honneur dans ce pays que nous avons pu conquérir. »

Le roi Alphonse fut dans l'étonnement quand il entendit le messager du Cid. Il fit le signe de la Croix et dit :

« Saint Isidore me protège ! Je suis émerveillé
» de tout ce que vous me racontez de ce bon Cid. Je
» me réjouis de ses triomphes ; je reçois avec plaisir
» son présent, comme celui du plus noble vassal qu'il
» y ait eu en Espagne par tous les siècles. — Je lui
» concède Valence avec tout ce qu'il a conquis
» et tout ce qu'il conquerra. Il tiendra ses terres
» sous mon autorité ; qu'il s'en proclame le seigneur
» en restant toujours mon vassal, car je suis le
» seigneur naturel du pays où il est né.
» Ce sera avec mon agrément que tous pourront
» aller le servir et l'aider. C'est justice qu'on soit

» servi quand on est le Cid. Nous gagnerons en cela
» plus qu'au déshonneur d'autrui. »

Je dirai maintenant de Chimène et de ses filles
que nous les avons laissées au monastère de Saint-
Pierre de Cardena.

XXXVI

Comment Chimène et ses filles sont reçues à Valence.

Alvar Fanez dit encore au roi Alphonse : « Le Cid
» vous demande une faveur pour sa femme Chimène
» et pour ses filles, qu'elles puissent partir de Saint-
» Pierre de Cardena, où il les a laissées : elles iraient
» à Valence vers le bon Campéador. »

Le roi dit : « J'y consens volontiers. Je leur ferai
» donner des vivres pendant tout le temps qu'elles
» seront encore sur mes terres. »

Le fidèle Alvar Fanez prit congé du roi et se mit
en route. Je vous laisse à penser avec quelle joie
les dames le virent arriver à Saint-Pierre de Cardena. Il pensa à les équiper des meilleurs habille-
ments qu'il put trouver à Burgos, à se procurer des
palefrois et des mules. Le voilà en route pour
Valence du Cid, avec Chimène, ses filles et les
dames qui les avaient servies.

Le Cid apprend par un messager que les dames
vont arriver à Valence : il fut si joyeux que jamais
il ne l'avait été davantage ni même autant. Il envoya
deux cents chevaliers comme une garde d'honneur.
L'évêque Hiéronyme réunit à la hâte tous les prêtres
qu'il put réunir. En surplis et portant la croix
d'argent, ils sortent pour recevoir les dames et
Alvar Fanez.

Le Cid monte sur Babiéca : en voyant les dames,
il descend de cheval. La mère et les filles, il les

embrassait. De la joie qu'ils avaient, ils pleuraient tous. Il leur dit, cet homme qui naquit à une bonne heure :

« Vous, chère et honorée femme et mes deux filles,
» mon cœur et mon âme, entrez avec moi dans
» la ville de Valence, dans cet héritage que j'ai
» conquis pour vous. »

Avec grand honneur elles entraient. Rodrigue les conduisit à l'Alcazar et là, il les fit monter à l'endroit le plus élevé. Leurs beaux yeux regardaient de tous les côtés. Elles regardent Valence, comme la ville est située et, de l'autre côté, elles ont en vue la mer. Elles regardent le verger qui est épais et grand.

Je dirai maintenant des nouvelles de l'autre côté de la mer et de ce roi Iousouf, qui réside à Maroc, dans la ville qu'il avait fondée.

XXXVII

*Comment le Cid fit voir à sa femme et à ses filles
ce qu'elles n'avaient jamais vu.*

Le roi de Maroc est fort irrité contre le Cid ; car
c'est du Maroc que sont venus dans le temps les
conquérants maures .« Le Cid, disait-il, s'est emparé
» par violence de mes domaines et il n'en fait hom-
» mage qu'à Jésus-Christ. » Il dit et bientôt il s'em-
barque avec cinquante mille hommes. Il vient camper
devant la Valence du Cid.

« J'entrerai en guerre, dit le Cid, je ne puis l'éviter.
» Ma femme et mes filles me verront combattre.
» En ce pays étranger, elles vont voir comment on
» prépare les campements. Elles verront de leurs
» yeux comment se gagne le pain. » Et il les con-
duit à l'Alcazar. La vue du camp ennemi les étonne,
les effraye.

« Ne craignez rien, femme honorée. Vous êtes
» arrivée depuis peu. Toute cette richesse que vous
» voyez dans le camp, les mécréants veulent vous
» en faire cadeau. Vous avez des filles à marier :
» ils vous apportent le trousseau. N'ayez pas peur
» lorsque vous me verrez combattre. Avec la grâce
» de Dieu et de Sainte Marie Mère, mon courage
» augmente parce que vous êtes devant moi. »

Les Maures n'ont pas peur : leurs bandes ont
envahi les vergers tout près des remparts. Une
troupe de chrétiens leur court sus et les fait déguer-

pir des vergers plus vite qu'ils n'y étaient entrés.
« Cette première journée est bonne, dit le Cid, quand
» ils rentrent; la journée de demain sera encore
» meilleure. » A ce moment, Alvar Fanez lui demande
cent trente chevaliers. Pendant que le Campéador
attaquera les Maures de front, lui les prendra de
flanc. — Accordé.

Le lendemain, au chant du coq, l'évêque Hiéronyme leur chante la messe. La messe dite, il leur
donne la grande absolution : « Celui qui viendra à
» mourir aujourd'hui en combattant de face, Dieu
» aura son âme. O Cid Rodrigue, qui avez ceint
» l'épée à une bonne heure, je viens vous dire la
» messe et je vous demande une faveur, c'est que
» vous m'accordiez de frapper les premiers coups ».
— Accordé.

Et je puis vous assurer que notre brave Périgour-
din s'en acquitta de la belle façon.

Chimène et ses filles font le signe de la Croix
lorsqu'elles voient mon Cid s'élancer sur Babiéca
et attaquer de front. En même temps, Alvar Fanez
surprend l'ennemi par le flanc et le coupe. Cela
plut au Créateur : ils durent vaincre. Bien peu des
Maures échappèrent avec leur roi Iousouf. Le camp
fut pillé. Rien qu'en or et en argent, on y trouve
trois mille marks. Quant au reste du butin, on ne
saurait le compter.

Le Cid, sur Babiéca, rentre l'épée à la main.
« Voyez, dit-il, l'épée sanglante et le cheval suant;
» avec un cheval comme celui-ci, les Maures sont
» vaincus sur le champ de bataille. Or çà, ma
» femme Chimène, les dames qui vous ont si bien

» servie au monastère, je les veux marier avec de
» ces miens vassaux. Je leur donne à chacune deux
» cents marks d'argent sur le butin. » (Toutes les
dames se levèrent et baisèrent la main du Campéador.) « Quant à vos filles, cela viendra plus tard. »

Le Cid eut en partage la grande tente du roi de
Maroc. C'est la plus belle et la plus grande qu'on
ait jamais vue. Les piliers qui la soutiennent sont
ouvragés d'or; elle demeura dressée pour que tous
pussent la voir.

« Où êtes-vous, Alvar Fanez, dit le Cid ? Vous
» porterez cette tente au roi Alphonse. Vous par-
» tirez demain matin sans faute, avec deux cents
» chevaux bridés et sellés, et cela pour l'amour de
» ma femme et de mes filles, parce qu'il me les a
» renvoyées de façon qu'elles ont été satisfaites et
» afin qu'il voie que celui qui gouverne Valence a
» quelque chose. »

Je veux parler maintenant des infants Diègue et
Fernand, les riches comtes de Carrion, dans la
Vieille Castille.

XXXVIII

Dona Elvire et Dona Sol.

Les deux frères, les comtes de Carrion s'étaient
dit entre eux : « Les affaires du Cid vont toujours
» progressant. Demandons ses filles en mariage. »
Ils vinrent au roi Alphonse : « Nous vous deman-
» dons une grâce comme à notre roi et seigneur
» naturel ; c'est que vous demandiez pour nous les
» filles du Campéador, dona Sol et dona Elvire.
» Nous voulons nous marier avec elles, à leur
» honneur et à notre avantage. »

Une grande heure, le roi Alphonse pensa et réfléchit. Enfin, il se décida à envoyer une lettre au Cid
en lui demandant une entrevue.

Le bon Rodrigue de Bivar a vu la lettre : aussitôt
il la communique à Chimène, car, en pareil cas,
l'avis des femmes est d'ordinaire très important.

Chimène ne fut pas satisfaite de la demande.
« Il ne me sourit pas, dit-elle, de m'apparenter
» avec les comtes, bien qu'ils soient de haut lignage ;
» mais faites, Rodrigue, ce qui vous agréera. Il ne
» manque pas de bon conseil là où est le roi, là où
» vous êtes. »

Le roi et mon Cid se rencontrèrent sur les bords du
Tage comme il avait été convenu entre eux. L'évêque
Hiéronyme, le meilleur tonsuré qui fut jamais, a
dit une grand'messe devant le roi et les grands
d'Espagne. Puis, le roi a pris à part le bon Rodrigue

et lui dit d'un ton de gravité : « Vous savez, Rodri-
» gue, que je vous suis affectionné. Les comtes de
» Carrion m'ont prié de m'entendre avec vous afin
» que vous accordiez vos filles dona Elvire et dona
» Sol, pour les marier avec eux. Si vous leur faites
» cette faveur, ils vous seront reconnaissants. Et
» c'est justice et raison de rechercher des filles qui
» ont un père tel que vous. Ils désirent votre amitié,
» ils attendent un accueil favorable, ils aiment
» beaucoup tout ce qui vous touche, ils estiment
» votre sang. »

Le Campéador répond : « Je n'aurais pas à marier
» mes filles, car elles sont encore bien jeunes. Moi,
» je les engendrai; vous les avez élevées à Saint-
» Pierre de Cardena pendant mon exil. Autant elles
» que moi, nous sommes à votre merci. Voici en
» votre main dona Elvire et dona Sol. Donnez-les
» à qui il vous plaira. »

Aussitôt, le roi appelle les comtes de Carrion : ils
vont baiser la main du Campéador. Ils échangèrent
leurs épées devant le roi Alphonse.

Le bon roi répondit: « De ce que vous me donnez
» vos filles, je prends de ma main dona Elvire et
» dona Sol et je les donne pour fiancées aux infants
» comtes de Carrion. Plaise au Créateur que vous
» ayez lieu d'en être satisfait. »

Le Cid baisa la main du roi et lui dit : « Je vous
» rends grâces comme à mon roi et seigneur. C'est
» vous qui mariez mes filles : Ce n'est pas moi qui
» les donne aux infants. »

Le roi confie les deux filles à Alvar Fanez qui est
leur oncle pour les garder jusqu'au mariage.

Le Cid est rentré à Valence la Grande. Il a convoqué les comtes et les seigneurs pour les noces. Alors il ordonne à Alvar Fanez d'exécuter ce qu'avait commandé le roi. Les comtes montrèrent beaucoup de joie. L'évêque Hiéronyme les attendait à l'église : il leur donna la bénédiction et chanta la messe.

Riches furent les noces à l'Alcazar. Le Cid fit de grands présents aux invités, car celui qui est grand dans ses actions, est grand en toute chose.

Le Cid et ses gendres sont restés à Valence. Les infants y demeurèrent près de deux ans, et on leur témoignait beaucoup d'affection. Le Cid était content ; ses vassaux étaient contents.

Plaise au Père Saint et à Sainte Marie que mon Cid soit toujours satisfait de ces mariages, et quiconque y a participé !

———

Ici va finir la deuxième branche de cette geste, la geste de mon Cid Campéador, le bon Rodrigue de Bivar, qui a ceint l'épée à une bonne heure. Que le Créateur vous soit en aide, ainsi que tous ses saints !

———

TROISIÈME BRANCHE

LES FILLES DU CID

IIIᴹᴱ BRANCHE DE LA GESTE

XXXIX

Le lion.

Le Cid a fini le dîner.
La tête appuyée à la main,
Mon bon Cid était endormi
Sur son banc à dossier d'ivoire.
Étaient à veiller son sommeil
Ses deux gendres, Diègue et Fernand,
Avec eux, Bermudez le bègue,
Déterminé dans les combats.
Ils contaient des choses plaisantes
Chacun de parler à son tour.
Pour empêcher l'éclat des rires
Ils posent la main sur les lèvres.
Tout d'un coup, éclatent des voix
Dans le palais, comme un tonnerre,

6

Qui disaient: « Gare le lion !
Mal meure qui l'a déchaîné ! »
Bermudez ne se troubla pas ;
Mais les comtes de Carrion
Tous deux en proie à la terreur,
Et qui ne songent plus à rire,
Tous deux se parlent en secret
Et vite ils se mettent d'accord
Pour prendre la fuite au plus tôt.
Le plus jeune des deux, Fernand,
Le premier, fait le mauvais coup.
Derrière le Cid il se cache
Sous le banc à dossier d'ivoire.
Diègue, qui est l'aîné des deux,
Va se cacher en lieu plus large,
En un lieu si secret, vraiment,
Qu'on ne peut pas le désigner.
La foule est entrée en criant :
Le lion entre en rugissant.
Mon Cid lui dit une parole :
Sur ce mot, la bête féroce
S'humilie et remu' la queue.
Le Cid a remercié la bête,
Il lui passe les mains au cou ;
Puis il la ramène en sa cage
En lui faisant mille caresses.
La foule demeure ébahie
De ce qu'elle a vu sans comprendre :
Tous les deux étaient des lions ;
Mais le plus brave était le Cid !

XL

Où le Cid s'informe de ses gendres.

Le Cid rentre dans la salle : il est calme et joyeux. Il s'informe de ses deux gendres, mais il avait pressenti la male chose.

Bermudez lui répond : « Je vous donnerai des » nouvelles de l'un d'eux : il s'était accroupi sous » le banc pour mieux voir comment le lion est fait » sous le ventre. »

Alors entre Martin Pelaez, qui s'écrie : « Bonne nouvelle, seigneur, on a retiré l'autre.

— Qui donc ?

— L'autre frère : il s'était blotti de peur, là où ne se serait pas fourré le diable. Voyez-le venir, mais tenez-vous à l'écart ; pour rester auprès de lui, vous auriez besoin d'un encensoir. »

On les amène : leurs riches vêtements sont tout souillés de vilaines choses.

Mon Cid est transporté de fureur. Il fait des efforts pour parler ; il fait des efforts pour se taire. Enfin la voix du superbe Castillan éclate et leur adresse de durs reproches.

Les enfants de Carrion s'imaginent que le Cid leur a préparé cette confusion : ils lui en gardent un profond ressentiment.

XLI

*Le Cid laisse des recommandations à sa femme
avant de partir pour la guerre.*

Or, il advient en ce moment que Bucar, un roi
maure très puissant, ayant assemblé une grande
armée, s'approcha de Valence et envoya au Cid une
sommation de l'abandonner. Mon Cid dit au messager que son maître devait se préparer à la guerre,
et il s'occupa lui-même de donner des ordres pour
la défense. Alors il dit à sa femme :
« Si, par des blessures mortelles, je reste mort à
» la guerre, portez-moi, ma Chimène, à Saint-Pierre
» de Cardena, et puissiez-vous obtenir de faire
» ma tombe tout contre l'autel de Saint-Jacques,
» protecteur de nos combats !
» Ne vous laissez aller à me pleurer, de peur que
» mes braves troupes ne fuient en voyant que mon
» bras leur manque, et n'abandonnent Valence, ma
» conquête. Que les Maures ne trouvent pas de fai-
» blesse dans votre cœur. Qu'on crie « aux armes »
» et qu'en même temps on fasse mes funérailles.
» Et si Dieu permet que mon cheval Babiéca reste
» sans son maître, et qu'il appelle en hennissant à
» votre porte, ouvrez-lui, caressez-le, et donnez-lui
» ration entière : qui sert un bon maître, espère de
» lui bonne récompense.
» Aujourd'hui, mettez-moi de votre main la cui-
» rasse, l'épaulière, les grèves, le brassard, le casque

» les gantelets, l'écu, la lance et les éperons, et
» vite, car le jour paraît, et les Maures me pressent.
» Donnez-moi votre bénédiction, et soyez heureuse. »

Au son des clairons et des tambours, la bataille
s'engage. Le bon Rodrigue a disposé son armée en
ordre : il anime ses chevaliers, il est à l'avant-
garde.

Les deux armées se joignent.

Vous eussiez vu alors mon Cid se précipiter dans
la mêlée : il y trouve le roi Bucar qui n'ose
l'affronter, et s'enfuit vers la mer : on dirait qu'il a
des ailes, il entre dans une barque qui l'attend ;
mais il a perdu son épée précieuse appelée *Tison*.
Mon bon Cid la ramasse ; il possède ainsi deux
précieuses épées : Tison, et une autre qu'on appelle
Colada, qu'il avait conquise sur le comte de Barcelone, car, au temps de son exil, il avait aussi
guerroyé contre des princes chrétiens, contre le
comte de Barcelone et Pierre d'Aragon.

6.

XLII

Les comtes de Carrion emmènent leurs femmes.

Les gendres du Cid avaient demandé à combattre contre l'armée de Bucar. Voici qu'un Maure se précipite en avant contre l'un des infants. Fernand l'aperçoit et il se met à fuir par le champ.

Et les chevaliers plaisantaient pour n'avoir pas vu les comtes de Carrion combattre contre les Maures.

Et les deux comtes de Carrion se concertèrent à mal. « Ne nous exposons pas plus longtemps à ces méchants propos. Demandons nos femmes au Cid Campéador. Nous les tirerons de Valence et nous en emporterons de grands biens. — Nous outragerons les filles du Cid et nous pourrons épouser des filles de rois et d'empereurs, avant qu'on nous rappelle l'aventure du lion. »

Et ils demandèrent leur congé. Le Cid leur remit ses filles avec beaucoup de richesses, et il leur donna aussi ses deux épées, Tison et Colada. Le père et la mère leur firent la conduite : ils se séparèrent en pleurant.

Alors le Cid dit à son neveu Munoz : « Tu es » cousin des deux filles de mon cœur et de mon » âme. Je t'ordonne de les suivre jusqu'à Carrion. » Tu reviendras ensuite auprès du Campéador. »

Les comtes de Carrion sont entrés dans la forêt de chênes de Corpes, auprès d'une claire fontaine. Les chênes sont hauts ; ils montent jusqu'aux nues

Des bêtes sauvages rôdent à l'entour. Les comtes font charger toutes leurs richesses sur des bêtes de somme: ils envoient tous leurs gens en avant; il ne reste là personne, ni hommes, ni femmes, seulement les deux comtes avec leurs femmes, dona Elvire et dona Sol, et ils leur disent:

« Sachez-le bien, dona Elvire et dona Sol, vous » serez outragées dans ces âpres montagnes. Après » quoi, nous partirons. La nouvelle en ira au Cid » Campéador. Nous nous vengerons ainsi de l'aven- » ture du lion. »

Alors, ils leur enlèvent les pelisses et les mantes: ils ne leur laissent que la chemise et la cotte. Ils chaussent leurs éperons, les traîtres; ils prennent à la main des sangles dures et fortes.

Les supplications des dames ne servent de rien: les comtes de Carrion se mettent à les frapper avec les sangles dénouées; ils déchirent les vêtements de leurs éperons; le sang pur jaillit.

Quel bonheur ce serait s'il plaisait au Créateur que parût en ce moment le Cid Campéador!

Ils se sont essayés à qui frappera les meilleurs coups. Ils sont fatigués de frapper. Ils partent. Ils les laissent pour mortes, exposées aux oiseaux de la montagne et aux bêtes fauves. Elles demeurent sans connaissance, de façon que l'une ne peut secourir l'autre.

Je parlerai maintenant de ce Felez Muñoz à qui le Cid avait ordonné de suivre ses cousines.

XLIII

Où le cousin Munoz secourt les filles du Cid.

Lorsque les comtes de Carrion envoyaient leur troupe en avant pour rester seuls avec les femmes dans la forêt, Felez Munoz s'était dérobé sans qu'on l'aperçût. Il se cacha dans la forêt pour voir ce qu'il adviendrait de ses cousines. Dès qu'il vit, de sa cachette, les deux comtes partir pour rejoindre leur troupe, il courut en remontant leurs traces. Il trouva ses cousines comme mortes : « Cousines ! Cousines ! » Elles sont à tel point bouleversées qu'elles ne peuvent rien dire. « Cousines ! Cousines ! » Réveillez-vous avant la nuit, pour que les bêtes » féroces ne nous mangent pas. »

Dona Elvire et dona Sol recouvrent leurs sens. Elles demandent de l'eau : Munoz leur en apporte dans un chapeau qui était tout neuf : il venait de l'acheter à Valence pour le voyage. Il fait monter ses cousines sur son cheval. Il les couvre toutes deux de son manteau. Il marche conduisant le cheval par la bride. Ils arrivent à Santestevan, où les filles du Cid sont bien soignées et bien honorées.

Lorsqu'elles furent guéries, elles se mirent en route pour Valence noblement escortées.

———

XLIV

Le roi Alphonse convoque les Cortès.

Au Cid Campéador un messager annonce que ses filles vont arriver à Valence. Il monte à cheval et sort pour les recevoir. En les embrassant toutes deux, il leur dit : « De mes gendres Carrion, Dieu » me fasse venger ! Plaise à Dieu que je vous voie » bientôt mieux mariées ! » Chimène se réjouit grandement de retrouver ses filles.

Le Cid appelle un de ses fidèles vassaux : « Où es-tu, Gustioz? Porte mon message au » roi Alphonse. Du déshonneur que m'ont fait les » comtes de Carrion, qu'il s'afflige, le bon roi. La » honte rejaillit sur lui qui a marié mes filles. » Qu'il appelle les comtes de Carrion à une entre- » vue ou devant les Cortès (1), afin que j'aie justice » d'eux. » Gustioz fit grande diligence.

Le roi Alphonse reçoit le message du Campéador. Une grande heure, il garde le silence : il réfléchit... « Dites au Campéador que, du jour d'hui à sept » semaines, il me vienne trouver à Tolède. Pour » l'amour de mon Cid, je convoque les Cortès. » Des messages partent dans tous les sens pour sommer les vassaux d'y venir dans le délai pres-

(1) Les Cortès sont comme les États-généraux ou l'assemblée des chefs de la nation espagnole.

crit. Les comtes de Carrion auraient bien voulu n'y pas comparaître; mais le roi ne le permet pas.

Le Cid arrive un soir auprès de Tolède. Il ne veut pas encore passer le Tage : il s'est logé à Saint-Servan, où il fait allumer des cierges sur l'autel pour la veillée. Avec ses vassaux, il chante matines La messe était entendue avant qu'eût paru le soleil. A l'aube, ils entrent dans Tolède.

XLV

Où le Cid Campéador va parler devant les Cortès
et de ce qui s'en suivit.

Les Cortès sont réunies en présence du roi. Le
Cid demande d'abord aux comtes de lui restituer
les deux épées qu'il leur a données. Les épées sont
restituées. Le Cid donne Tison à Bermudez et
Colada à Martin Antolinez, ses neveux. Le Cid
demande ensuite la restitution des richesses qu'il
a remises à ses gendres. Les richesses sont restituées séance tenante, comme les épées. Alors le
Cid se lève et voici comme il a parlé :

« Je ne puis oublier mon plus grand sujet de
» plaintes. Pourquoi m'avez-vous déchiré les enve-
» loppes du cœur ? A votre départ de Valence, je
» vous donnai mes filles. Si vous n'en vouliez
» plus, chiens de traîtres, pourquoi ne les avez-
» vous pas laissées dans leur domaine de Valence ?
» Pourquoi les avez-vous frappées à coups de sangles
» et d'éperons ? Pourquoi les avez-vous abandonnées
» dans la chesnaie de Corpes aux bêtes féroces
» et aux oiseaux de la montagne ? Si vous ne
» me donnez pas satisfaction, que les Cortès
» prononcent ! »

Le comte Fernand se leva. Écoutez ce qu'il dit à
haute voix: « Nous sommes nés comtes de Carrion.
» Nous devions nous marier avec des filles de rois
» ou d'empereurs. Des filles d'un simple gentilhomme
» n'étaient pas assez pour nous. En les abandonnant,
» nous avons fait selon notre droit. Sache que nous

» nous en estimons davantage, et non pas moins. »

Bermudez, le neveu de mon Cid, rappelle à Fernand qu'il s'est caché devant le lion et qu'il a fui devant un Maure. Il termine ainsi : « Je te défie » comme méchant et comme traître. Je combattrai » touchant cela contre toi. Quant aux filles du » Cid, elles valent plus que vous. Lorsque le combat » aura lieu, s'il plaît au Créateur, tu le reconnaîtras » en manière de traître. »

Écoutez ce que va dire Diègue, l'autre comte de Carrion : « Pour avoir abandonné les filles du Cam- » péador, nous n'avons nul repentir. Tant qu'elles » vivront, elles peuvent soupirer : ce que nous leur » avons fait leur sera reproché. Je combattrai sur » cela avec le plus vaillant de tous. »

Martin Antolinez se lève : « Tu ne dois pas oublier » l'aventure du lion, car tu n'as plus revêtu le cos- » tume que tu as sali dans l'endroit où tu avais fui. » Je combattrai touchant cela. Quant aux filles du » Cid, elles valent plus que vous. Au sortir du » combat, tu avoueras que tu es un traître et que » tu as menti en tout ce que tu as dit. »

Alors entre Asur Gonzalès, l'oncle des Carrion. Il entre avec le visage empourpré : il avait bien déjeuné. Ce qu'il dit a peu de sagesse. Gustioz se lève : « Tais-toi, perfide, méchant et traître ! Tu » aimes mieux déjeuner qu'aller à la prière. Ceux » que tu salues, cela les dégoûte. Je te ferai avouer » que tu es tel que je dis. »

Le roi Alphonse dit : « Que là finissent le dis- » cours. Ceux qui ont défié combattront ; sinon, à » la grâce de Dieu ! »

XLVI

Les princes de Navare et d'Aragon demandent les filles du Cid.

A ce moment, deux chevaliers entrent dans la salle des Cortès. L'un s'appelle Oïada ; il représente l'infant, c'est-à-dire le prince de Navarre. L'autre s'appelle Ximenez ; il représente l'infant d'Aragon. Ils baisent les mains au roi Alphonse ; puis ils demandent au Cid Campéador ses filles pour devenir reines de Navarre et d'Aragon.

Le Cid y consentit avec l'agrément du roi ; mais Alvar Fanez ne peut s'empêcher de dire ce qu'il a sur le cœur et de narguer les comtes de Carrion : « Je remercie le Créateur de ce que les infants de » Navarre demandent les filles de mon Cid en » mariage. Vous les aviez pour égales quand elles » étaient vos femmes. Maintenant, vous leur bai- » serez la main, etc., etc. » Il allait continuer. « Assez de discours, dit le roi. »

Ces mariages furent célébrés plus tard. Par la la maison d'Aragon, la famille royale d'Espagne descend d'une fille du bon Rodrigue de Bivar. Par la Navarre, que Henri IV réunit à la France, la famille royale de France compte le Cid Campéador parmi ses ancêtres. Les premiers maris avaient été grands ; mais ceux-ci sont meilleurs.

XLVII

Du combat entre les comtes de Carrion et les champions du Cid Campéador.

Les champions sont réunis. Le roi Alphonse est là pour rechercher le droit et empêcher l'injustice. Les champions firent de nuit la veillée des armes.

Le roi a nommé des juges pour dire ce qui serait ou non selon le droit. Les juges marquent les barrières. On avertit les six champions que celui qui sortirait de la barrière serait vaincu par cela seul.

On tire au sort le champ, puis on leur partage le soleil. Les champions du Cid font en entrant le signe de la Croix : les voilà face à face avec les Carrion et leur oncle.

Bermudez commence; c'est lui qui a porté d'abord le défi. Dès le premier choc, il enfonce si bien le fer de sa lance dans la poitrine de Fernand, que le sang sort par la bouche. Les sangles du cheval en sont rompues et Fernand est à terre. Bermudez laisse sa lance et tire l'épée Tison. Fernand reconnaît Tison : il ne veut attendre le coup tranchant, il dit : « Je suis vaincu. »

Au premier choc de Diègue Carrion et de Martin Antolinez, les deux lances se brisent. Antolinez dégaine l'épée Colada : du coup, il fait sauter le casque de Diègue, qui revient à la charge et reçoit de Colada un coup à plat; non de la pointe : « Dieu glorieux, s'écrie le comte, sois-moi

en aide : garde-moi de cette épée. » Puis il tire
son cheval par la bride et l'entraîne en dehors de
la barrière. Martin Antolinez reste seul dans le
champ. Le roi lui dit : « Vous avez été vainqueur »
et les juges du camp l'accordent.

Restait Gustioz qui combat contre Asur Gonzalez,
champion et oncle des Carrion, homme de vigueur
et de courage. Sa lance brise l'armure de Gustioz ;
mais ne pénètre pas dans la chair. Gustioz riposte.
Du coup, il fait entrer sa lance avec la banderolle
dans le corps d'Asur, si bien qu'elle sort de l'autre
côté. Il donne une secousse et, en retirant sa lance,
jette Asur à terre. Tous pensèrent qu'il était
blessé à mort. Gustioz abaisse sa lance et s'avance
sur lui. Asur dit : « Pour Dieu, ne frappez pas : vous
êtes vainqueur. » Et les juges de champ dirent :
« Nous l'entendons ainsi. »

Les champions du Cid demandèrent s'il restait
encore quelque chose à faire, ou quelques traîtres
à convaincre de félonie. Les juges répondirent : Non.

Grande est l'humiliation des comtes de Carrion.
A qui outrage une honnête femme et l'abandonne
ensuite, qu'il arrive pareille chose et même pire !

Depuis ce jour, le roi les tint pour traîtres et
félons infâmes. Ils s'enfuirent du royaume et plus
jamais ils n'y reparurent. Encore moins osèrent-ils
ver la tête.

XLVIII

Où l'on verra une apparition.

Le Campéador est dans sa bonne ville de Valence, souffrant, brisé de fatigue. Par tant de lieux, il démena son corps; il a tant guerroyé! Il a appris que le roi Bucar, ce Maure courageux, vient une seconde fois attaquer Valence avec trente rois, ses alliés et une foule de soldats à pied et à cheval.

Le bon Cid est étendu sur son lit. Il s'inquiète; il réfléchit. Il suppliait le Roi du ciel d'être toujours de son parti et de le tirer avec honneur, sain et sauf, de ce grand danger.

Comme il s'y attendait le moins, voici qu'il aperçoit auprès de lui un homme brillant d'une lumière pure et blanche comme la neige, et exhalant un parfum pénétrant:

« Dors-tu, Rodrigue; réveille-toi et écoute.

— Qui êtes-vous pour m'interroger ainsi?

— On m'appelle saint Pierre, prince des Apôtres. Je viens, Rodrigue, te dire une chose à laquelle tu ne penses guère, c'est que tu vas quitter ce monde. Dieu t'appelle à l'autre vie, à la vie qui n'a point de fin, à la vie bienheureuse dont jouissent les saints. Tu mourras dans trente jours, à partir du jour que je te parle. Dieu t'aime beaucoup, Cid, et il t'a accordé cette faveur que tu vaincras encore Bucar sur le champ de bataille après ta mort. Tes gens auront bataille contre lui, et ils auront l'aide de l'apôtre saint Jacques. Toi, Rodrigue Campéador, lave-toi de tes péchés, afin qu'au moment de la mort tu entres dans la vie glorieuse. Pour l'amour de moi, Dieu a ordonné toutes ces choses, parce que tu as honoré mon temple au lieu nommé Cardena. »

En l'entendant, le bon Cid a ressenti une grande joie. Il descend de son lit afin de baiser à genoux les pieds du bon saint Apôtre ; mais saint Pierre lui dit : « Rodrigue, dispense-toi de cela. Comme tu ne pourrais m'atteindre, ne le tente pas en vain ; mais tiens pour certaines ces choses-là que je t'ai révélées. »

Cela dit, le saint Apôtre est retourné au ciel.

Rodrigue demeure très content, joyeux et consolé. Il rend à Dieu des actions de grâces pour la faveur qu'il lui a accordée.

XLIX

Comment le Cid dicte ses volontés.

Le front du bon Cid frissonne sous les étreintes de Celle qui n'a pardonné à personne. Chimène est auprès de lui, elle pleure: elle est grandement affligée de le perdre. Si elle l'aima dans la vie, elle l'aime encore davantage dans la mort. Le Cid lui dit:

« Parce que le roi Bucar va attaquer Valence avec une grande force, j'ordonne que mon corps soit porté à la bataille, monté sur Babiéca, avec c Tison dans la main droite. Quand arrivera Bucar, que Chimène et ses filles montent sur les remparts avec mes filles et mes femmes, vêtues de blanc, de violet et de vert. Qu'on ne montre aucune douleur, de peur que les Maures comprennent que je suis mort. Je donne tous mes biens à mon épouse doña Chimène. Je lègue à la sainte confrérie du riche et pauvre Lazare les prés de Bivar avec les dépendances. Je demande à Dieu de me pardonner mes fautes. Je veux que mon corps soit enterré à Saint-Pierre de Cardena. »

Il fit encore plusieurs dons et recommandations. Il légua une somme pour doter des jeunes filles pauvres et orphelines. Il voulut que sa maison fût convertie en un asile pour les pèlerins. Enfin, il demanda que Babiéca lui fût amené. Il voulait le revoir avant de se mettre en route, cette fois sans lui. Plus docile que l'agneau docile, le cheval est entré : il ouvre de grands yeux comme s'il avait compris son malheur. Le Cid ordonna que, lorsque Babiéca mourrait, il fût enterré dans une fosse; le bon Campéador! il ne veut pas que les chiens mangent ce corps qui a broyé les os à tant de chiens d'infidèles.

Davantage, il ne parla plus. Celle qui n'a jamais pardonné à personne l'a frappé de son trait. Il gît mort, le bon Cid, qu'on appelait le Cid de Bivar.

L

*Comment le Cid remporta encore une victoire sur
les infidèles après sa mort.*

Les chevaliers castillans sont plus vaillants que
nombreux. Ils veillent à la défense sur les superbes
remparts dans la Valence du Cid. En même temps,
Alvar Fanez, Ordono et Bermudez, afin d'obéir aux
ordres du Campéador, apprêtent son corps embaumé
pour la bataille.

Ils ne lui revêtent pas l'armure qu'il portait dans
les combats : ils le coiffent d'un casque, ils lui
pendent au cou un écu de parchemin, si bien peints
qu'à les voir on eût juré qu'ils fussent de fer. Ils
ont amené le fidèle Babiéca. Ils posent le corps sur
la selle : une planche est derrière le dos, une autre
devant la poitrine. Elles se joignaient sur les côtés
en passant sous les bras. La planche de derrière
soutenait la tête, celle de devant s'élevait jusqu'au
menton. Ainsi le corps était-il soutenu et ne pouvait pencher ni d'un côté, ni de l'autre. Les jambes
étaient fortement attachées aux arçons et les pieds
aux étriers.

Le visage est encore beau ; les yeux sont ouverts ;
la barbe, qu'il avait longue et blanche, est bien
peignée. A le voir, on ne croirait pas qu'il est mort :
il paraît vivant. Quand ils l'eurent ainsi apprêté,
ils ne le regardaient pas sans peur.

Les voici sortis de la ville. Comme le bon Cid

l'avait prescrit sur son lit de mort, l'évêque Hiéronyme marche à sa droite. Gil Diaz, un musulman
converti, est à gauche et, de sa main droite, guide
le cheval. Le neveu Bermudez porte la bannière
déployée; ainsi qu'il l'avait fait jusqu'alors dans
les combats, où le Campéador avait été vainqueur.
L'épée Tison, au clair, est portée droite dans la
main du bon Cid. Quatre cents chevaliers d'élite
forment l'escorte.

Alvar Fanez attaque le premier. Avec quelle
ardeur vous l'eussiez vu se précipiter sur les
Maures, comme s'il fût encore sous l'œil vivant du
Campéador! Le roi Bucar et les rois ses alliés
demeurent stupéfaits : il leur semble que les chrétiens sont bien sept cent mille! tous blancs comme
neige et parmi eux un homme prodigieux, plus
grand que tous les autres, ayant sur sa poitrine la
croix du Sauveur, et une épée qui paraissait de
feu. Ils ne l'attendent pas. Le roi Bucar et ses alliés
abandonnent le champ. Tous fuient vers la mer;
mais, dans leur hâte, ils ne peuvent tous s'embar-
quer : il en périt plus de vingt mille. Le roi Bucar
a encore échappé par la fuite; mais la Valence du
Cid est délivrée encore une fois! Heureux le Campéador de n'avoir pas vu, même dans la mort, ce
qui arriva trois ans après, alors que les chrétiens
furent forcés d'abandonner sa conquête!

A Saint-Pierre de Cardena repose le corps de
l'honoré Cid, à côté du corps de Chimène qui avait
survécu quatre années. Le corps de Babiéca ne pouvait être porté dans l'enceinte consacrée. Il es
enterré près la porte du monastère.

7.

Le Cid est sorti de ce monde en la fête de la Pentecôte, qui fut le vingt-neuvième jour du mois de mai en l'année 1099 de l'ère chrétienne.

Ici finit la geste de mon Cid Campéador, le bon Rodrigue de Bivar qui naquit à une bonne heure.

Que Dieu donne son paradis au rhapsode qui a colligé ce récit. Adolphe d'Avril l'a terminé au jour de la fête de saint Clément, en l'an de grâce 1891.

QUELQUES MOTS

SUR

L'HISTOIRE et LA LÉGENDE

I

Le Cid Campéador a-t-il existé? ou bien est-il simplement un produit de l'imagination populaire, embelli par les poètes à l'effet de personnifier le mouvement religieux et national de l'Espagne pendant le moyen âge?

Rassurez-vous! le Cid n'est pas un personnage imaginaire et imaginé. Il a foulé, en chair et en os, la terre espagnole et son corps y repose depuis des siècles, à côté de sa femme et de son cheval. Les preuves sont nombreuses. J'en citerai seulement deux. Il y a d'abord un parchemin authentique, le contrat de son mariage avec Chimène (*Charta Arrha-*

rum). Voilà qui est décisif : je me marie, donc j'existe, aurait conclu Descartes.

Non moins convaincant est le témoignage des historiens arabes, je dis les historiens et non les poètes. Les Indous ont pu, à la rigueur, tirer de la seule imagination leur Rama ; les Hellènes ont pu, à la rigueur, inventer Achille, et les Scandinaves Sigurd, le roi du Franken-land ; mais il est absolument impossible que des historiens musulmans se soient employés à créer de toutes pièces un héros chrétien qui leur fasse tant de mal. Voici le fragment d'une histoire écrite par l'Arabe Ibn-Bassam. Le Cid y est naturellement fort maltraité ; mais, dans la bouche d'un ennemi, c'est peut-être le plus glorieux éloge qu'on pût faire de sa puissance et de sa grandeur. « La puissance de ce tyran alla toujours croissant, de sorte qu'il pesa sur les contrées basses et sur les contrées hautes, et qu'il remplit de crainte les grands et les roturiers. Cet homme, le fléau de son temps, était, par son amour pour la gloire, par la prudente fermeté de son caractère et par son courage héroïque, un des miracles du Seigneur. Peu de temps après, il mourut à Valence d'une mort naturelle. La victoire suivait toujours la bannière de Rodrigue (que Dieu le maudisse). » Est-ce clair (1)?

Les historiens arabes connaissaient même le surnom de Campéador. N'en comprenant pas la signification, ils le défiguraient quelque peu par un mot qui n'a pas de sens dans leur langue.

(1) Le comte de Puymaigre. *Vieux auteurs Castillans* tome I.

II

Notre Cid a donc existé. Comment distinguer dans les récits qui le concernent la partie légendaire de la partie historique ? Ce n'est ni plus ni moins qu'impossible. En effet, les légendes racontent des faits historiques et l'histoire enregistre des faits incontestablement légendaires, si bien qu'un des historiens avoue ne pas croire à la réalité d'une partie des faits qu'il vient d'exposer.

Je n'entreprendrai pas d'énumérer et de discuter les sources de l'histoire légendaire ou de la légende historique. Ce n'est pas le lieu de nous livrer ici à un travail d'érudition : je l'ai fait, dans un mémoire que je présentais à l'Académie des Inscriptions et Belles-Lettres, et que le *Polybiblion* a publié, en mai 1883 (1).

Ce premier travail fut occasionné par une édition de la *Geste*, que publia, à Santiago du Chili, feu le savant Bello. Je prends encore la liberté de renvoyer le lecteur studieux à une étude qui a paru le 17 janvier 1889, dans la *Revue des questions historiques* et qui fut inspirée par la savante publication du comte de Puymaigre, que je citais tout à l'heure en note, les *Vieux auteurs Castillans*, Paris, Savine. Le troisième volume paraîtra prochainement.

(1) Le *Polybiblion*, revue mensuelle de bibliographie universelle. Très utile publication rédigée dans un bon esprit, par des hommes compétents en chaque matière, 10 fr. par an. Paris, rue Saint-Simon, 5.

Je ne puis pas davantage entrer dans la discussion des textes et dans l'appréciation des diverses éditions qui les ont reproduits. Pour s'en rendre un compte raisonné, il faut être versé dans la connaissance de la langue castillane, non pas seulement dans la langue de Guilhem de Castro, en même temps que dans celle du xiie siècle, qui présente de sérieuses difficultés, mais, à cause du *Romancero*, dans toutes les variations intermédiaires.

Je tiens seulement à indiquer les textes et traductions publiées en France, et partant, plus accessibles à tous.

Feu Damas-Hinard connaissait bien l'idiome espagnol. En dehors des *cosas* de *Espana*, son érudition est courte et ses jugements rarement justes. Il a publié le texte de la *Chronica rimada* et celui de la *Gesta del mio Cid*, une chanson de geste, improprement appelée *Poème du Cid*. A ces deux textes est jointe une traduction vers par vers, qui rend bien le sens, mais qui serait plus utile aux études, si Damas-Hinard avait suivi le mode encore plus littéral du célèbre traducteur de Milton, au lieu de s'en moquer. Damas-Hinard a aussi traduit, mais en prose courante, le *Romancero*. A l'un et à l'autre de ces ouvrages, il a joint des notes souvent instructives, mais qui ne sont pas toujours inspirées d'un bon esprit : il ne comprenait pas le moyen âge.

Par contre, je recommanderai une traduction en français publiée à Paris, en 1866. Sous le nom général et bien approprié de *Légende du Cid*, M. Emmanuel de Saint-Albin a donné, en deux volumes in-12, les trois principales chroniques, la *gesta del mio Cid* (que je ne me résoudrai pas à appeler « le Poème »), enfin, une collection des romances.

Au point de vue poétique et sentimental, nous relirons toujours avec fruit le *Pèlerinage au pays du Cid*, par Ozanam.

La vignette, placée sur la couverture bleue de ce volume, reproduit une statue du Cid, qui orne un des monuments anciens de la ville de Burgos.

LE RHAPSODE, A. D'AVRIL.

TABLEAU DE LA GESTE

PAR CHAPITRES

Première branche.

CHIMÈNE

I   Où le père de Chimène va outrager le père de Rodrigue.   1

II   La douleur de don Diègue.   6

III   Comment don Diègue parle à son fils Rodrigue.   7

IV   Où Rodrigue se parle à lui-même. . . .   9

V   Comment Rodrigue parle au comte qui a outragé son père.   12

VI   Où le roi Ferdinand annonce que les Maures viennent pour attaquer Séville.   15

VII   Chimène demande justice au roi. . . .   17

VIII   Comment Rodrigue parle à Chimène. .   19

IX   Don Diègue donne un conseil à son fils Rodrigue. . . . . , .   23

X   Chimène apprend que Rodrigue a combattu les Maures.   26

XI   Où l'on voit pourquoi Rodrigue sera désormais appelé le Cid. . . . . .

XII S'ensuit le récit du grand combat contre les Maures 29

XIII Comment le roi a rendu la justice . . . 33

XIV Comment le cheval du Cid fut appelé Babiéca 36

XV Comment Rodrigue a fait prisonniers cinq rois maures 38

XVI Vous êtes prié d'assister à la bénédiction nuptiale 40

XVII Divertissements pour le mariage 42

XVIII Le Cid pèlerin 43

XIX Comment le Cid répond à Martin Gonzalez 46

XX Comment le Cid protège une dame . . . 48

XXI Les plaintes de Chimène 50

XXII Le Cid a délivré les chrétiens et comment Chimène lui parlait 51

XXIII Comme quoi il y eut jadis un autre Rodrigue 53

Deuxième branche.

LE CAMPÉADOR

XXIV Où l'on va voir ce qui arriva après la mort du roi Ferdinand 57

XXV Comment le Cid contraignit le roi Alphonse à jurer sur les Évangiles . . . 60

XXVI Le Cid exilé 62

XXVII Comment le Cid fut accueilli à Burgos . 64

XXVIII Ce que le Cid a imaginé pour emprunter de l'argent à deux juifs 66

XXIX   Où le Cid confie sa femme et ses filles à l'abbé de Saint-Pierre de Cardena . .   69

XXX   Comment il parle à Chimène.   71

XXXI   La prière de Chimène.   72

XXXII   Les conquêtes du Cid pendant son exil.   74

XXXIII   Le Cid à Valence.   76

XXXIV   Qui paye ses dettes.   78

XXXV   Le Cid envoie auprès du roi Alphonse..   79

XXXVI   Comment Chimène et ses filles sont reçues à Valence   81

XXXVII   Comment le Cid fait voir à sa femme et à ses filles ce qu'elles n'avaient jamais vu.   83

XXXVIII   Dona Elvire et dona Sol   86

Troisième branche.

LES FILLES DU CID

XXXIX   Le lion.   91

XL   Où le Cid s'informe de ses gendres. . .   93

XLI   Le Cid laisse des recommandations à sa femme, avant de partir pour la guerre.   94

XLII   Les comtes de Carrion emmènent leurs femmes.   96

XLIII   Où le cousin Munoz secourt les filles du Cid.   98

XLIV   Le roi Alphonse convoque les Cortès. .   99

XLV   Où le Cid va parler devant les Cortès. .   101

XLVI   Les princes de Navarre et d'Aragon demandent les filles du Cid.   103

XLVII   Du combat entre les comtes de Carrion et les champions du Cid   104

XLVIII   Où l'on verra une apparition. 106

XLIX   Comment le bon Cid dicte ses volontés. 108

L   Comment le Cid remporta encore une victoire sur les infidèles après sa mort. 110

Quelques mots sur l'histoire et sur la légende. . . 113

Imprimerie E. PETITHENRY, 8, rue François 1er, Paris.

Quelques opuscules de piété, par Bossuet, suivis d'un supplément renfermant les évangiles et les psaumes commentés sur ces opuscules. Volume in-32 de 315 pages. Port, **0 fr. 15**.

Méditations de Saint-Augustin, traduction du R. P. Laurent, des Augustins de l'Assomption. 216 pages. Port, **0 fr. 10**.

Soliloques de saint Augustin, traduction du même. Port, **0 fr. 10**.

La religion mise à la portée des enfants et accompagnée de ses preuves, par Dom Jacques Balmès, ouvrage traduit de l'espagnol, par le comte Raynal de Choiseul, 108 pages. Port, **0 fr. 10**.

———

Le socialisme réfuté, d'après l'Encyclique de Léon XIII, par J. B. Jaugey, prêtre, docteur en théologie. Port, **0 fr. 10**.

Les Francs-Maçons, par Michel le Rocharet. Port, **0 fr. 15**.

Debout! pressant appel au clergé (6e édition). Port, **0 fr. 10**.

En avant! sur le terrain catholique, par Myriam.

Le silence et la publicité, par Mgr Parisis. Port, **0 fr 10**.

Les fruits de l'école sans Dieu, par M. l'abbé Bonnot.